Christian Frautschi

7 Tage mit
goldenen Händen
und roten Schuhen

GOLDFEDER-VERLAG

Alle Rechte vorbehalten
Copyright © Goldfeder-Verlag · CH-8708 Männedorf
Internet: www.goldfeder.ch
E-Mail: info@goldfeder.ch

Gesetzt aus der Filosofia von Zuzana Licko
Umschlag: Maechler | Grafik Web Design
Herstellung: CPI books GmbH, D-89075 Ulm

1. Auflage 2016
Buch
ISBN 978-3-905882-15-5

E-Books
ISBN 978-3-905882-16-2

SCHWEIZ
ZÜRICHSEE
HAFEN RAPPERSWIL

Nieselregen, der Himmel mit weissen und schwarzen Wolken verhangen. Ein blaues Loch öffnet sich am Horizont, als ob es uns zeigen wollte: „Über den Wolken scheint immer die Sonne."

Ein grosses Dampfschiff legt an. Trotz diesem miesen Wetter zieht es viele Touristen auf den wunderschönen Zürichsee.

Da entdecke ich ein Boot im Inneren des Hafens. Es trägt den Namen Indigo. Irgendwie kommt mir das Ganze etwas mystisch vor. Es qualmt hinten aus dem Boot, ich sehe einen Mann mit einer Zigarre; seine Füsse, in rote Schuhe eingekleidet, baumeln gemütlich aus dem Boot. Es lässt mir keine Ruhe, ich muss zu diesem Boot hin. Dieser Mann macht mir den Eindruck, als könnte ihn der grösste Sturm nicht vom genüsslichen Ziehen an seinem rauchenden, komisch geformten Tabakstengel abhalten. Weit mehr: Es kommt mir vor, als wäre so etwas wie eine kleine Oase mitten im Hafenbecken von Rapperswil.

Joe: „Guten Tag, mein Name ist Joe, darf ich Sie kurz stören? Ich hätte da ein paar Fragen."

„Fragen? Viele Menschenseelen haben Fragen. Wenn Sie keine Angst vor meinen Antworten haben, dann nur zu."

Joe: „Sollte ich denn Angst vor Ihren Antworten haben?"

Der blonde Mann mit den funkelnden blauen Augen lacht mich an: „Ja, es gibt Erdbewohner, die meine Antworten nicht immer lieben. Aber reden Sie nicht um den Brei herum, schiessen Sie los." In seinen Worten kommt irgendwie eine sehr grosse Kraft, aber auch ein Hauch von Schalk rüber. Seine Augen verraten, dass viel Klarheit und Tiefe zu erwarten ist. Irgendwie sehen seine Augen speziell aus; ich habe das Gefühl, dass sie einen sehr tiefen Einblick haben, sie löchern mich fast.

Joe: „Wer sind Sie?"

Er lacht, zieht nochmals an seiner krummen Zigarre rum. „Gute Frage, das möchte ich manchmal auch wissen ..." Er atmet tief durch und versinkt in seinen Gedanken. „Wer ich bin? Ein durchgeknallter, egoistischer Spinner, ein aufopfernder, liebevoller Therapeut, der Seelen verzaubert ... oder bin ich ein Mensch wie du oder alle anderen, die gerade vom Dampfschiff gekommen sind, oder eben der Davidoff Special C rauchende Lausebengel mit vielen Flausen im Kopf? Such dir eine Version aus, und dann frag weiter."

Joe: „Therapeut? Was für ein Therapeut bist du?"

Ich setze mich auf den Steg, irgendwie lädt mich seine Ruhe, seine Oase ein, mich frei von Gedanken diesem Dialog hinzugeben. „Ich bin ein Heiler, ja, das ist die Bezeichnung, die viele für mich verwenden. Ich höre dieses Wort zwar nicht gerne, aber es ist am passendsten. Ich will aber nicht etwas sein, sondern ich bin Christian Frautschi, Punkt, nicht mehr und nicht weniger."

Joe: „Christian, ups, sorry, darf ich dir überhaupt du sagen?"

„Ja klar doch", erwidert er.

Joe: „Du willst aber nicht sagen, dass du DER bist, der das Buch „Die Wirbelsäulen-Seele" geschrieben hat?"

Christian: „Doch, der bin ich."

Joe: „Ich habe das Buch vor ein paar Tagen gekauft, weil es mich zufällig angelacht hat in der Buchhandlung oben am Hauptplatz. Beim Lesen habe ich mir gewünscht, dich kennenzulernen … uff … ich kann es nicht fassen, und schon treffe ich dich hier an. Es ist irgendwie verrückt … Zufall? Aber ich hätte dich nicht erkannt, obwohl ein Foto von dir im Buch ist."

Christian: „Siehst du, es gibt scheinbar keine Zufälle, und zudem stellst du gerade fest, dass ich verschiedene Gesichter habe."

Joe: „Ja, das scheint so. Ich habe die Rapperswiler gefragt, ob sie dich kennen."

Christian lacht schallend heraus: „Ja, niemand kennt mich, aber alle wissen, wer ich bin."

Joe: „Ja, stimmt, wieso ist das so?"

Christian: „Weisst du, ich bin mittlerweile sehr bekannt, es kommen Leute aus der ganzen Welt zu mir, vom Säugling bis zum Topmanager oder Spitzensportler. Das wissen die Bewohner dieser wunderschönen Rosenstadt am Zürichsee. Sie wissen aber auch, dass ich, wenn ich durch die Stadt schreite, durch meine Fähigkeiten über alle Leute mehr wissen könnte als sie selbst, das macht viele unsicher. Ich bin für viele unfassbar und mystisch, das macht den Leuten Angst. Mein Handwerk lässt sich nicht erklären, nur das Resultat ist erkennbar, fassbar. Sie wissen nicht, was ich mache mit meinen goldenen Händen, sie wissen, dass ich in sie hineinschauen kann, doch wer hat das denn gerne? Darum wissen die Leute nicht, wie sie sich verhalten sollen, wenn sie mich erkennen.

Als letzthin ein Artikel über meine Tochter Seraina in der Zeitung war, in dem zu lesen war, dass sie Eishockey spielt, es in die U18-Schweizer-Nationalmannschaft geschafft hat und an den Weltmeisterschaften teilnehmen kann, haben mich viele Leute darauf angesprochen, beim Bäcker, beim Metzger oder sonst wo. Es hatte kurz vorher an der gleichen Stelle, in der gleichen Zeitung, gestanden, dass ich ein neues Buch über hochbegabte Indigokinder veröffentlich hatte. Da hatte man mich nur angesehen, aber niemand hatte sich getraut, mich darauf anzusprechen, weil ich eben der mystische Wirbelsäulen-Seelen-Flüsterer bin vom Hügel dort oben, dem Meienberg. Einen Sport, eine Sportlerin kann man erfassen, aber den Heiler Frautschi nicht."

Joe: „Christian, stimmt dich das traurig?"

Christian: „Das ist mein Leben…"

Christian wird ganz still und nachdenklich. „Es ist der falsche Ausdruck, dass es mich traurig stimmt. Es ist eher, dass … dass ich manchmal sein möchte wie du und alle anderen da draussen im Abenteuer Leben. Ich will nicht anders sein und bin auch nicht anders als andere. Ich will das nicht sein! Meine Fähigkeiten gehören in die Praxis. Es gibt genug einsame Seiten an meiner Arbeit."

Joe: „Christian, aber doch, du bist anders! Du heilst Menschen, gibst ihnen ihr Leben zurück, die Leute können wieder riechen nach einer Behandlung, sie werden von Krebs geheilt, Depressionen verschwinden, Kinder haben keine Hautausschläge mehr, du sollst jede Wirbelsäule wieder gesund hinkriegen! Ich habe gehört, dass du einem Mann helfen konntest, der seine Lungen hätte transplantieren lassen müssen und nur noch mit der Sauerstoffflasche auf dem Rücken leben konnte, heute ist er geheilt. Das ist nur wenig von dem, was ich alles gehört habe – du bist ein Wunderheiler! Wie machst du das nur?"

Christian: „Wieso weisst du das alles? Wer bist du überhaupt? Hör doch auf mit diesem Scheiss!"

Joe: „Ich bin Joe Black, ein wissbegieriger Bücherwurm und nebenbei Buchautor. Aber wer ich als Mensch bin, weiss ich auch nicht. Ich habe von dir gehört, gelesen. Ich habe die Leute gefragt. Wieso soll das ein Scheiss sein?"

Christian: „Joe, also wenn du doch ein Schreiberling bist, wenn du etwas mit Leib und Seele schreibst, bewegt es die Leute. Und ich mache ebenfalls einfach meine Arbeit, ich bin ich, einfach nur der Christian Frautschi, der seine Berufung lebt. Früher war ich mit Leib und Seele Automechaniker, mit dreiundzwanzig Jahren Vollblut-Unternehmer ohne Startkapital, und ich wurde sehr erfolgreich, die absolute Nummer eins in meinem Business.

Ich hatte ein verrücktes Leben. Dann habe ich von einem Tag auf den anderen heilende Hände bekommen, bin hellfühlend und hellsichtig geworden. Ich habe später alles verloren, was ich mir je erschaffen hatte. Ich erkannte in diesem verdammt harten Schicksal meinen Weg, den mir Gott vorgegeben hatte. Ich erkannte den Weg nach langem nicht nur, sondern beschritt ihn auch.

Ich kommuniziere mit Wirbelsäulen-Seelen, sehe mit den Händen und meinem Röntgenblick in die Körper hinein, und so Gott will, darf ich sie heilen. Für mich ist das nichts anderes, wie wenn du schreibst und die Leute es lesen wollen. Wenn du eine Arbeit gut machst, so ist auch das Resultat gut, ganz einfach. Gott hat mir eine Berufung geschenkt, die übe ich heute aus mit derselben Selbstverständlichkeit, mit der ich einen Kaffee trinken würde. Scheinbar übe ich meine Berufung gut aus, und so ist es doch völlig klar, dass meine Arbeit grösstenteils sehr erfolgreich ist. Aber eines wird vergessen dabei: Ich bin noch genau derselbe Mensch, der ich vorher war! Sorry, wenn ich vorhin vielleicht etwas erbost reagiert habe. Es ist sicher kein Scheiss, was du aufgezählt hast, aber ich arbeite nicht, um bewundert zu werden von den Leuten, sondern eben, weil es der Weg meines Seins ist.

Du hast den Mann mit der Sauerstoffflasche auf dem Rücken erwähnt. Als ich mich mit dreiundzwanzig jungen Jahren selbständig machte, zählte genau dieser Mann zu den ersten Kunden meiner damaligen Firma. Nie im Traum hätte ich gedacht, dass er später einer meiner ersten Kunden in meiner Praxis in Rapperswil sein würde. Ich erkannte ihn nicht mehr, zweiundzwanzig Jahre nach unserem ersten Treffen. Ich wusste, als ich ihn sah, dass er nicht mehr lange zu leben hätte.

Wer denkt in diesem Moment an die Lobeshymnen eines geheilten Klienten. Ich kann einfach nur meine Arbeit ausüben, ohne Ego und Erfolgsgelüste. Ich habe meine Berufung gut gelebt, und so darf er seine Zeit heute wieder ohne Sauerstoffflasche auf dem Rücken geniessen … und meine Autos reparieren …"

Ich bin völlig platt, Christians Worte haben so eine Kraft, es fegt mich fast vom Steg. Ich habe noch nie einen Menschen kennen gelernt, der mit einer solchen Selbstverständlichkeit von seiner Arbeit erzählt, die wir normale Menschen als ein Wunder ansehen. Ich spüre, dass seine Arbeit für ihn das Normalste auf der Welt ist, sie ist heute sein Leben.

Joe: „Christian, wieso schreibst du nicht noch ein Buch darüber, wie deine Arbeit funktioniert?"

Christian: „Joe, es gibt eigentlich nichts zu erklären, es IST ganz einfach!"

Joe: „Das verstehe ich nicht."

Christian: „Ja, es IST einfach. Jeder Mensch, jede Seele ist einzigartig, und jeder hat seine Geschichte. Die Arbeit ist demzufolge bei keinem Klienten gleich wie bei einem anderen. Würde ich darüber ein Buch schreiben, würde die Arbeit eines Tages ein ganzes Buch füllen. Und überhaupt, ich will jetzt gar nicht schreiben, denn ich habe Urlaub. Vor drei Tagen habe ich den Bootsführerschein gemacht, davor mir dieses Boot gekauft. Ich will eine Woche auf dem See verbringen, mir Gedanken machen über die letzten fünf Jahre."

Joe: „Christian, darf ICH ein Buch über deine Arbeit schreiben?"

Christian denkt lange nach ... er wischt sich eine Träne aus den Augen, da seine Worte von vorhin ihn selbst sehr bewegen. Ich spüre einen sehr feinfühligen sensiblen Christian mir gegenüber.

Christian: „Ja, Joe, du darfst ein Buch über meine Arbeit schreiben, aber nur unter einer Bedingung."

Joe: „Die wäre?"

Christian: „Dass du mich genauso ansiehst wie alle anderen Erdbewohner auf dieser wunderschönen Erdkugel."

Joe: „Ich gebe mir Mühe, aber ich kann dir nicht garantieren, dass es mir immer gelingen wird, und ich hoffe, dass du mich dann nicht gleich aufhängst."

Christian: „Aufhängen werde ich dich bestimmt nicht, höchstens an die tiefste Stelle des Zürichsees fahren und dich mit einem grossen Anker am Fussgelenk über Bord schmeissen …" Und so lacht Christian wieder schallend. „Ach ja, wir werden sieben Tage auf Reise gehen, eine Woche jeden Tag rausfahren, schliesslich habe ich Urlaub auf dem See, und überhaupt, Joe, ich habe jetzt Hunger, kommst du mit etwas Feines essen?"

Joe: „Klar doch, ich habe auch noch nichts Gescheites zu mir genommen heute. Wohin soll es denn gehen?"

Christian: „Bei diesem Scheisswetter am besten zum Pastasaucen-Weltmeister, in Marco's Pasta-Bar. Marco ist auch so ein komischer Vogel, er geht nach Asien, kocht dort vier- bis fünfhundert Saucen in acht

Stunden und stellt damit einen Weltrekord auf. Ich liebe komische Leute und Pasta."

Beim Pasta-Saucen-Schmaus lerne ich wieder ein anderes Gesicht von Christian kennen. Er erzählt mir aus seinen harten Zeiten, als er im Winter 2002/03 fast nur von Pasta lebte, da es nicht für mehr reichte. Er hatte damals sein ganzes Hab und Gut verloren, hatte nur noch einen Koffer und seine goldenen Hände, sein einziges Kapital.

Nach dem Essen führt der Weg noch bei der Gelateria des „dieci" vorbei. „Das ist das beste Eis weit und breit", sagt Christian und entlockt dem Eisbecher die letzten Reste. „So, nun machen wir es so: Ich hole dich morgen um zehn Uhr hier ab, dann gehen wir auf die Reise mit unseren Wirbelsäulen-Seelen samt deiner Schreibfeder. Und tschüss."

Und fort ist er, der Mann mit den goldenen Händen und den roten Schuhen.

1. Kapitel

Montag

Ich sitze auf dem Steg im Hafen von Rapperswil-Jona, am schönen Zürichsee. Die dunkle Wolkendecke von gestern hat sich verzogen. Ein traumhafter, wundervoller Tag, und ich darf mit dem speziellen Christian auf den See. Ups, fast vergessen, er will ja nicht speziell sein.

Schon kommt er, leise über das Wasser gleitend mit seinem Boot, der Indigo, in den ruhigen Hafen hinein.

„Hey Joe, du verrückter Kerl", begrüsst er mich, noch weit vom Steg entfernt, dabei mit zwei Fingern das Victory-Zeichen formend. Ja, man würde wirklich nicht denken, dass er ein Heiler ist, der mit schwerstkranken Menschen arbeitet. „Komm, Junge, spring rüber, beweg dein Haupt aufs Deck. Du bist hoffentlich fit im Geiste."

Wir fahren los, am rechten Seeufer entlang. Vor Stäfa stellt er den Motor ab. Das grünblaue Wasser ist vollkommen ruhig, die Sonne steht in voller Pracht am blauen Himmel. An einem solch schönen Tag auf dem See zu sein, ist wirklich ein Geschenk.

Christian: „Also, du willst etwas über meine Arbeit erfahren, dann mal los."

Joe: „Wie erkennst du, welches Problem ein Patient hat?"

Christian: „Als erstes: Ich habe keine Patienten, ich habe Klienten. Patienten sind krank, Klienten nicht, respektive: Der Begriff ist neutral. Wenn jemand seine Füsse über die Schwelle in meine Praxis setzt, sehe ich ihn als vollkommen gesund an."

Joe: „Ja aber – ist das nicht etwas Schönfärberei?"

Christian: „Absolut überhaupt nicht! Wenn ich nicht fähig bin, einen Klienten gesund zu sehen, werden wir nie dorthin kommen können. Das ist wie bei einem Skirennfahrer: Wenn er sich nicht vorstellen kann, dass er zuoberst auf dem Sieges-Treppchen steht, wird er nie und nimmer dorthin kommen. Meine Arbeit beginnt mit der richtigen Einstellung im Kopf, auch mit dem Vorstellungsvermögen, mit dem richtigen Denken. Weisst du, es ist nicht damit getan, nur goldene Händchen hinzuhalten, es ist weit mehr."

Joe: „Aber Christian, heilen tust du doch mit den Händen?"

Christian: „Ja, das stimmt eigentlich schon, aber nur bedingt. Ich habe verschiedene Informationen von meinem Klienten. Bevor ich die Praxis betrete, nehme ich den Klienten über meine Hellfühligkeit bereits wahr. Es ist sogar so: Sobald sich ein Klient via E-Mail anmeldet, spüre ich ihn bereits. Ich könnte ihm dann schon sagen, wo das Problem liegt. Ich lese immer noch sämtliche Anfragen selbst; wenn ich dann herausspüre, dass es ein dringender Fall ist, gebe ich die Angaben meiner Assistentin weiter, damit sie ihm als Notfall relativ schnell einen Termin gibt. Sonst müsste diese Wirbelsäulen-Seele unter Umständen Monate warten, bis sie mit mir kommunizieren könnte. Es ist aber auch so: Wenn ein Klient anruft und ich daneben stehe, spüre ich ihn schon, obwohl ich nicht selbst mit ihm telefoniere. Oder meine Assistentin erzählt mir von einer Anfrage, dann spüre ich es auch heraus. Leider gibt es so liebenswerte Seelen, die sich nicht vordrängen möchten für einen Termin, obwohl es dringend wäre. Das müssen wir erkennen."

Joe: „Aber, Christian, das ist doch irgendwie verrückt, du nimmst immer und überall alles wahr, was um dich herum läuft? Jetzt verstehe ich, dass die Leute aus der schönen Rosenstadt sich am liebsten hinter den Rosensträuchern vor dir verstecken würden."

Christian: „So ein Quatsch! Ich habe dir schon gesagt, meine Fähigkeiten gehören in die Praxis und nicht auf die Strasse! Ich habe gelernt, mit meinen Gaben umzugehen. Das Wichtigste bei meiner Arbeit ist das Vertrauen. Sicher nehme ich trotzdem vieles wahr auf der Strasse oder in einem Geschäft, aber ich würde nie und nimmer irgendjemandem etwas sagen. Das steht mir nicht zu, zudem wäre es ein Übergriff auf diese Persönlichkeit. Ich bin gezwungen, immer respektvoll, ethisch und vertrauenswürdig zu handeln."

Joe: „Siehst du jemandem an, dass er zum Beispiel Krebs hat?"

Christian: „Nein, das sehe ich nur bedingt. Ich sehe es nur, wenn ich es wissen muss. Ich will auch vom Klienten nie wissen, was ihn zu mir bewegt. So wie ich heute arbeite, sehe ich den Klienten erst, wenn meine Assistentin ein Vorgespräch mit ihm geführt hat. Ich habe keine Informationen über irgendetwas, kenne nicht mal die Namen. Wenn ich die Praxis betrete, weiss ich nicht, ob ein Säugling oder ein Top-Manager auf mich wartet."

Joe: „Aber Christian, du willst mir ja nicht sagen, dass du es wirklich nicht wissen willst?"

Christian: „Doch! Ich will vom Klienten nichts wissen! Das ist wirklich so. Selbst wenn ich einen Tag vorher ein Mail gelesen habe, weiss ich am folgenden Tag nicht mehr, warum jemand dann als Notfall in der Praxis steht."

Joe: „Du gehst also wirklich an den Klienten heran, arbeitest mit ihm und weisst nicht mal, was für eine Krankheit oder ein Gebrechen er hat! Das ist irgendwie schon krass! Du bist schon ein verrückter Hund. Was machst du denn, wenn dich ein Klient vorher etwas über seine Krankheit fragen will?"

Christian: „Ich lasse es nicht so weit kommen. Ein Klient weiss von meiner Assistentin, dass ich so arbeite. Wenn mir jemand trotzdem eine Erklärung aufdrängen will, vertraut er mir nicht, oder er will mit seinem Problem nur Aufmerksamkeit erregen und möchte unter Umständen gar nicht geheilt werden."

Joe: „Das heisst, dass deine Klienten von dir keine Aufmerksamkeit bekommen?"

Christian: „Nein, Joe, das sage ich damit überhaupt nicht. Ich bin in einer sehr tiefen Konzentration, ich komme hinein, nehme den Klienten sofort wahr. Eben, wie schon erwähnt, über meine Hellfühligkeit, dazu über meine Hellsichtigkeit, aber auch über die Mimik, die Gestik und das Verhalten des Klienten. Wenn er aufsteht und wir uns begrüssen, er auf den Behandlungstisch zugeht, sich hinlegt, erkenne ich bereits sechzig bis siebzig Prozent seines Leidens. Ich spüre seinen Körper in meinem. Wenn er Schmerzen hat, spüre ich es an mir, in meinem Körper. Über meine Hellsichtigkeit bekomme ich dann, wenn es sein soll, die entsprechenden Bilder zur Ursache, zur Geschichte, wie alles entstanden ist. Ich gebe ihm eine absolute Präsenz, eine völlige Aufmerksamkeit, wie er sie in der Regel zuvor noch nie von einer Menschenseele bekommen hat. Ich bin er, in seinem Sosein, in meinem Körper. Ich spüre nicht nur seinen Körper, sondern seine Seele und seinen Geist."

Joe: „Uff … das ist ja völlig verrückt. Aber dann hast du ja Rückenbeschwerden, Nackenschmerzen, Kopfschmerzen, beissende Haut, oder was der Kuckuck auch immer … Übernimmst du so nicht Krankheiten? Wie wirst du das alles wieder los?"

Christian: „Keine Angst – sobald ein Problem gelöst ist, verschwindet ja auch alles wieder. Oder ich nehme dann etwas anderes wahr, das auch noch aufgelöst werden darf. Ich übernehme überhaupt nichts, sonst wäre ich schon längst zwei Meter unter der Erde, in eine Holzkiste verpackt. Wenn ich mit der Sitzung fertig bin, verschwindet alles wieder. Was ich gesprochen oder festgestellt habe, weiss ich in der Regel fünf Minuten später nicht mehr. Ich könnte das sonst doch gar nicht verkraften. Ich sehe bei der Arbeit Bilder, schreckliche Bilder, von Krieg, Missbrauch, dominanten Eltern, schlimmen Erlebnissen, von Kindern, die während der Schwangerschaft sterben. Oder ich sehe, dass jemand in seinem Tun und Sein eingeschränkt wird oder sich selbst einschränkt. Ja, oder sonst hunderttausend andere Dinge".

Joe: „Sagst du den Klienten, was du siehst?"

Christian: „Bist du wahnsinnig? Nein, das kann ich doch nicht sagen! Ich habe meine Fähigkeiten zum Arbeiten, nicht zum Imponieren."

Joe: „Aber dann machen all deine Gaben, deine Fähigkeiten doch gar keinen Sinn, wenn du sowas nicht sagst. Man will doch dann genau wissen, warum man krank wurde."

Christian: „Nein, ich habe diese Gaben vom lieben Gott geschenkt bekommen, damit ich weiss, wie ich mit der Wirbelsäulen-Seele umgehen muss. Damit ich weiss, wie ich ein negatives Bild ins Positive umwandeln kann. Ich muss etwas erkennen, um es zu ändern. Dafür habe ich diese Gaben. Löse ich etwas auf und würde ich dann dem Klienten erzählen, was ich aufgelöst habe, würde er sich gleich wieder damit verbinden, und es wäre wieder präsent. So hätte ich vergebens gearbeitet, und so deppet bin ich doch nicht. Ich muss dem Klienten nicht aufzeigen, warum er krank wurde, sondern wie er gesund werden kann."

Joe: „Und ist das, was du beim Klienten erkennst, üblicherweise nur ein einziges Problem?"

Christian: „Nein, überhaupt nicht, es sind Dutzende, gar Hunderte von solchen Situationen, die ich in einer Sitzung auflöse."

Joe: „Wie lange dauert eine Sitzung?"

Christian: „Früher habe ich eineinhalb Stunden an einem Klienten gearbeitet – heute sind es noch zehn bis zwanzig Minuten."

Joe: „Aber das ist doch gar nicht möglich! Kannst du die Zeit anhalten?"

Christian lacht ... „Ja, in gewissem Sinne ist dem so. In meinem Denken gehe ich ins Aussen, das heisst ins Universum hinaus. Dort gibt es kein Raum- und Zeitgefühl. Ich kann so innert wenigen Sekunden eine ganze Lebensgeschichte von drei, vier, gar zehn oder zwanzig Generationen wahrnehmen und die Ursachen auflösen."

Joe: „Christian, irgendwie machst du mir schon Angst. Du bist wirklich voll krass."

Christian: „Joe, wenn du Angst hast, dann hast du vor dir selbst Angst. Vor mir braucht niemand Angst zu haben. Auch meine Klienten brauchen keine Angst zu haben. Ich tue nie und nimmer etwas, mit dem man nicht umgehen könnte. Ich sage nur eben einfach nicht alles, was ich sehe. Ich umschreibe am Schluss vielleicht etwas, damit die Handlungen des Klienten oder eben eine Krankheit erklärt werden können. Es wird im Nachhinein auch nie Reaktionen geben, die einen Klienten überfordern würden. Der grösste Teil der Verarbeitung geschieht im Nachhinein im Schlaf. Dies dauert in der Regel dann drei bis sieben Wochen. Dies ist so, weil ich nicht mit meinem Ego arbeite, sondern mich rein führen lasse von dem, was mir meine grosse Schar von göttlichen Kumpels vorgibt. Ich bin im Grunde genommen nur ein Kanal."

Joe: „Wieso arbeitest du heute viel schneller als früher? Ist das Routine?"

Christian: „Nein, das hat nichts mit Routine zu tun. Das hat damit zu tun, dass ich heute um ein Vielfaches höher schwinge als früher."

Joe: „Wie muss ich das verstehen?"

Christian: „Meine Fähigkeiten, mein Tun sind eigentlich nichts anderes als Schwingungen. Es ist wie ein Röntgenstrahl, der einen Körper durchdringt. Mein Tun, mein Sein ist Schwingung. Ich schwinge mich in einen Körper hinein. Spüre mit Schwingungen in die Seele hinein. Rufe mit Schwingungen alte Muster und Ereignisse ab, so wie ein Computer auf eine Speicherplatte zugreift und Daten liefert. Meine Hände lassen durch die Schwingungen den Körper sich verändern. Ich forme so in Gedanken Wirbelsäulen in die gesunde, schmerzfreie Form zurück, wenn die Blockade, das Problem zuvor gelöst wurde. Ich sehe durch die Schwingungen die Körperteile und kann sie so richtig behandeln, umformen oder was auch immer ansteht oder zu tun ist."

Joe: „Ja, ich wollte dich schon lange fragen, was machen denn deine goldenen Hände?"

Christian: „Mit meinen Händen nehme ich den Körper noch feiner wahr. Ich spüre die Schwingungen im Körper. Meine Hände sind für mich wie Sensoren, um den Körper abzutasten. Ist eine Blockade in der Seele, ist demzufolge auch eine Blockade im Körper, da immer alles einen seelischen Ursprung hat. Diese körperliche Blockade zeigt sich dann als niedrige oder kalte Schwingung. Das heisst, wo eine Blockade ist, schwingt der Körper weniger. Dies spüre ich dann über meine Hände. In der Wahrnehmung spüre ich über meine Hände die Blockade, diese hinterfrage ich dann in der Wirbelsäulen-Seele und bekomme die Bilder, Gefühle, Emotionen dazu geliefert. Dann fliesst für die Heilung Energie über die Hände.

Je mehr Seelen unter meinen Händen sein dürfen, desto mehr gehe ich meinen vorbestimmten Weg. Dies erkennen meine Universumskumpels, und sie helfen mir, meine Arbeit immer schneller auszuüben, damit es für immer mehr Klienten Platz hat, die kommen möchten. Je konsequenter ich meinen Weg ging, umso mehr Anfragen hatte ich. Jeder Schritt, den ich machte, zahlte sich himmelspostwendend aus. Ich kann gar nicht anders, als immer und immer wieder vorwärts zu gehen. Stehe ich einmal still, kommt ebenso himmelspostwendend eine Reaktion."

Joe: „Christian, das ist ja megaspannend, was du da erzählst! Ich dachte bis anhin immer, du stehst hin und legst die Hände auf, und schwupp, alles verschwindet … Wenn ich dir aber so zuhöre, verbirgt sich viel mehr dahinter. Aber, Christian, ich kann nichts mehr aufnehmen. Mein Aufnahmegerät ist voll, und mein Kopf hat das Gefühl, dass er gleich platzen wird … ich denke, es ist genug für heute."

Ich kann nicht mehr. Wenn Christian etwas erzählt, geht man selbst gleich mit hinein und kann es nachvollziehen. Es laufen massenhaft Bilder, ganze Filme zu seinen Erzählungen ab. Christian spürt dies und lacht nur. Er geht zum Bord-Kühlschrank und gibt mir ein kühles Bierchen heraus. „Prost, du schreibender Bücherwürm. Ich will dich nicht überfordern, also, machen wir morgen weiter."

So geht Christian wieder ins Private über. „Christian, trinkst du keinen Alkohol?" Christian, mit einem Coca-Cola Light in der Hand: „Sehr selten, ich geniesse ab und zu mal einen Aperitif. Vielleicht mal ein

Glas sonnigen Wein zu einem guten Essen, aber sonst eigentlich eher nicht. Es ist aber nicht so, dass es aus Überzeugung wäre, sondern weil ich nach dem Lustprinzip lebe." Und so zündet er sich wieder so eine krumme Zigarre an. Es ist kein normales Anzünden, er zelebriert es. „Siehst du, das ist eine Davidoff Special C, in meinen Augen eine der feinsten Zigarren, die es gibt. Es ist nicht etwa ein normaler Glimmstengel, obwohl er aussieht wie eine Brissago – oder ein krummer Hund, wie man im Volksmund so schön sagt. Nein, es ist weit mehr. Eine handgemachte Zigarre, die aus edlen, ganzen Tabakblättern gedreht wurde. Ich stelle mir dabei vor, wie eine Frau in der Dominikanischen Republik die Zigarre mit ihren zarten Händen auf ihren Schenkeln dreht. Obwohl das heute vermutlich nicht mehr der Fall ist, der Gedanke lässt mich die Zigarre viel schöner zelebrieren. Frauen sind wunderbare Geschöpfe, und so soll auch die von ihnen gedrehte Zigarre entsprechend behandelt werden. Der Gedanke daran lässt sie mir noch köstlicher schmecken. Ja, das Rauchen ist für mich ein Genuss." Seine speziellen blauen Augen fangen dabei richtig an zu funkeln. Ja, Christian ist ein Genussmensch, das spürt man immer wieder.

Christian: „Joe, wenn du im Leben mal so unten durch musstest, lernst du alles zu schätzen, was mehr ist. Es wird dann alles zum Geschenk. Ich bin mit dir an diese Stelle gefahren, um dir das Ufer dort drüben zu zeigen, wo ich vor Jahren sass und die Natur bewunderte. Ich konnte damals nichts anderes tun, als den Vögeln und den Möwen in den Arsch zu schauen, respektive einfach nichts zu tun. Nachts schrieb ich an meinem ersten Buch, am Tag verweilte ich hier. Einmal kam ich aus dem Wasser zu meinem Badetuch und stellte fest, dass ein Kind in seiner Spielfreude auf meine Brille getreten war. Die Brille war kaputt. Ich hatte kaum mehr Essen und Geld und nun zusätzlich auch noch meinen Weitblick verloren. Es war für mich einer der schlimmsten Momente in meinem Leben. Ein Optiker konnte mir die Brille dann wieder reparieren und verlangte nicht mal Geld dafür. Mit repariertem Blick ging ich dann wieder optimistischer durchs Leben."

Joe: „Aber Christian, wie hast du das nur ausgehalten, als ehemaliger reicher Unternehmer?"

Christian: „Joe, ich glaubte an das, was ich hatte: mich. Ich glaubte an mich und an meinen Weg, also ging ich ihn, ohne Wenn und Aber."

Joe: „Was sagten deine Freunde, deine Familie zu deinem Weg?"

Christian: „Ich hatte keine Freunde mehr, auch keine Familie mehr. Es konnte niemand mit meiner neuen Situation umgehen, weil ich vorher immer so stark und ein Kämpfer gewesen war. Meine Kinder sah ich kaum mehr, hatte kein Geld, sie zu besuchen. Ich sagte aber auch mit Absicht niemandem, ausser den

Kindern, wo ich mich aufhielt. Ich hatte mich offiziell ins Ausland abgemeldet. Ich versteckte mich förmlich, schämte mich dafür, dass es mit mir so weit hatte kommen können. Ich hatte auch keine Krankenkasse mehr, konnte sie nicht bezahlen. Der liebe Gott lässt mich bestimmt nicht krank werden, sagte ich mir und vertraute ihm."

Joe: „Christian, wie hast du es dann wieder geschafft? Ich denke, das Boot, auf dem wir sitzen, gehört dir, und das verdient man nicht einfach so, ohne etwas zu tun."

Christian: „Ich habe das Manuskript meines Buches an Bekannte abgegeben. Jedes Manuskript, das ich auf einem alten Tintenstrahldrucker ausgedruckt hatte, brachte mir auf irgendeine Art und Weise einen Klienten. Es wurden immer mehr, und so wurde meine goldene Schreibfeder zu Kapital. Ich hatte anfangs einen Klienten in der Woche, dafür bedankte ich mich bei Gott und freute mich auf zwei in der folgenden Woche. Hatte ich dann zwei, bedankte ich mich erneut und freute mich auf drei in der nächsten Woche … Und so ging es über Monate, Jahre.

Anfang 2006 eröffnete ich dann wieder meine eigene Praxis dort oben, auf dem Meienberg in Rapperswil-Jona. Wie ich die erste Miete bezahlen sollte, wusste ich damals nicht, aber ich glaubte an meinen Weg, und es klappte. Eines Tages kam eine Verlegerin auf mich zu und wollte das Buch herausbringen. Ich stellte frech meine Bedingungen, weil ich wusste, wie man Erfolg hat. Sie stimmte meinen Konditionen zu. Weisst du, ich tat das nicht, um Erfolg zu haben, sondern weil es meine Aufgabe ist, Leute zu bewegen. Ein Zeitungsartikel über mich mit dem Titel „Vom Unternehmer und Manager zum Heiler" war so gut und authentisch geschrieben, dass er mir zum Durchbruch verhalf.

Der Rest ist Erfolgsgeschichte. Es ist so, wie ich es dir erklärt habe: Machst du etwas, das authentisch ist, bist du du selbst. Und du wirst Erfolg haben, wenn du deinen Weg gehst und an dich glaubst."

Joe: „Nochmals, du hast ja wahnsinnig gekämpft! Du bist halt wirklich ein verrückter Hund!"

Christian: „Nein, Joe, ich habe nicht mehr gekämpft, das stimmt nicht. Ich habe nie mehr gekämpft, nachdem ich alles verloren hatte, ich war nur noch mich … Mit Gottes Geschenken kämpft man nicht, man nimmt sie dankbar an und lebt sie …"

Mit den Worten „Morgen um zehn Uhr im Hafen von Stäfa …" verabschiedet sich Christian, nachdem er mich in Rapperswil wieder an Land gesetzt hat.

„Ach ja, Joe, nimm morgen mehr Aufnahme-Kassetten mit für dein Gerät und dein Hirn …" ruft er mir noch schallend lachend nach …

2. Kapitel

Dienstag

Christian nimmt mich im kleinen Hafen von Stäfa an Bord. „So, du Gast-Schreiberling, hast du gut geschlafen, oder haben sich deine Gedanken die ganze Nacht im Kreis gedreht, weil du alles verstehen und nachvollziehen wolltest, was wir gestern besprochen haben?"

Joe: „Hm, wieso weisst du das jetzt schon wieder? Kannst du Gedanken lesen?"

Christian lacht schallend. „Nein, Gedanken lesen kann ich nicht, aber ich kenne deinen Charakter, so lässt sich vieles erklären." Uff, ich bin es mir nicht gewohnt, so durchschaut zu werden.

Joe: „So, lass uns rausfahren und weitermachen. Christian, was hast du für Klienten?"

Christian: „Das ist ganz unterschiedlich. Eigentlich sind es sämtliche Schichten der Bevölkerung in jeder Altersstufe."

Joe: „Was ist die häufigste Krankheit, der du begegnest?"

Christian: „Das kann man so nicht beantworten. Weisst du, es geht eigentlich gar nicht um Krankheiten, sondern um die Frage, warum jemandes Seele aus dem Lot gekommen ist. Es sind nicht alle krank. Aber es haben alle irgendein Problem im Leben. Manche erkennen es, bevor es eben zu einer Krankheit wird. Nehmen wir zum Beispiel eine Frau mit Brustkrebs. Brustkrebs ist ein Zeichen der verletzten Weiblichkeit. Bei einer solchen Frau spüre ich unten im Kreuz eine Blockade. Eine Blockade im Kreuz- oder Beckenbereich führt auf die Eltern oder Vorfahren zurück. Ist die Blockade auf der rechten Seite, ist das Thema beim Vater zu suchen, wenn sie links ist, bei der Mutter. Ich spüre dann mit meinen Händen die Blockade, und über meine Hellsichtigkeit suche ich nach den Gründen dafür.

Da bekomme ich zum Beispiel ein Bild von einem sehr strengen, dominanten Vater, der die Frauen unterdrückt und sie nicht achtet. Er tut dies, weil er nicht zu seinem Charakter stehen kann und so von sich, von seinem Selbst ablenkt.

Dieses Gefühl, diese Emotionen kriegen wir schon im Mutterleib mit, sie werden ab dem zehnten Tag nach der Zeugung in der Wirbelsäulen-Seele bereits aufgenommen und aufgezeichnet. Wird aus diesem noch ungeborenen Lebewesen eine Frau, trägt sie diesen Stempel ein Leben lang mit sich, bis das Problem irgendwann später im Leben aufgelöst wird. Diese Frau hat dann schon vom Beginn ihres Lebens an ein negatives Bild, negative Emotionen gegenüber dem männlichen Geschlecht in sich. Aus diesem Gefühl heraus zieht sie später Männer an, die genau dieselben Muster aufweisen wie ihr Vater.

Die Frau verliebt sich dann in einen bestimmten Typ Mann, weil etwas Bekanntes in ihr anklingt. Aber im Grunde genommen verliebt sie sich nicht effektiv in den Mann, sondern nur in bekannte Emotionen, die in ihr abgespeichert sind, in ihrer Wirbelsäulen-Seele. Die Wirbelsäulen-Seele zeichnet dieses Muster auf, so dass sie später im Leben genau vor diesem Typ Mann das Weite sucht. Aber eben, die Angst, die sich hinter dem Gefühl verbirgt, lässt uns auch das Unheil anziehen. Löst die Frau sich dann vielleicht wieder von diesem Mann und erkennt die Verbindung zum Vater, hat sie eine gute Voraussetzung, diesen Vater-Typ nicht mehr anzuziehen. Sie kann so ihr Vater-Muster selbst lösen, da sie es selbst erkannt hat.

Kann sie das aber nicht und heiratet sie den Mann sogar, dann kann es sein, dass sich die verborgenen Emotionen in ihrer Seele in einer Krankheit manifestieren."

Joe: „Aber, Christian, wie löst du denn das Muster auf?"

Christian: „Wenn ich es erkenne, kann ich dieses Muster lösen, indem ich die eingenisteten Seelenteile des Vaters aus der Wirbelsäulen-Seele löse und ihm zurückgebe oder sie dem göttlichen Licht zur Heilung übergebe. Nur mit dem alleine ist es allerdings noch nicht getan. Meist sind dann daraus Dutzende, gar Hunderte Nachfolgemuster entstanden. Die stelle ich dann fest, wenn ich weiter oben am Körper arbeite, das geht bis hinauf zum Kopf, bis zum Hirn, wo die dazugehörenden Gedanken im Geiste, im Hirn abgelegt sind."

Joe: „Das ist ja spannend! Aber, hm ... wie siehst du dies alles?"

Christian: „Das kann ich dir so nicht beantworten. Ich spüre es einfach, oder ich bekomme Bilder dazu. Zu diesen Bildern oder Gedanken kommen meist auch die Gefühle, die dazu gehören. Aus dieser Kombination kann ich dann alles miteinander ins Positive umwandeln, indem ich zum Beispiel den grossen Schmerz für die Klientin durchlebe, für sie über ihre Hemmschwelle in die Ohnmacht gehe und es so auflösen kann, oder ich weine für sie. Es gibt tausend Möglichkeiten. Ich mache dies aber nicht bewusst, sondern es geschieht einfach. Es passiert ja auch auf der universellen Ebene."

Joe: „Bist du dabei in Trance?"

Christian: „Nein, das bin ich nicht. Ich bin bei vollstem Bewusstsein, aber in einer extrem tiefen Konzentration. Dies ist auch der Grund, warum ich mit meinen Klienten vor der Arbeit keine Gespräche führen möchte. Ausserdem arbeite ich in zwei Räumen, so dass ich jeweils im anderen Raum gleich weiterarbeiten kann. So kann ich für den Klienten das absolute Maximum herausholen. Viele Klienten denken, ich sei profitgeil, wenn ich von einem Raum zum anderen gehe und sie kaum grüsse. Dem ist aber absolut nicht so – doch nur auf diese Weise kann ich diese Konzentration halten. Ich kapsle mich mit dieser Arbeitsweise nur einfach zu einem grossen Teil von der Umgebung ab, damit ich nicht unnötig beeinflusst werde. Habe ich nach einer Behandlung einem Klienten etwas zu seinem Problem zu sagen, tue ich dies selbstverständlich, nehme mir auch die Zeit dazu, es ihm mit einer Zeichnung zu erklären – so kann er dann zuhause das Gespräch nachvollziehen. Verlasse ich dann den Raum, bin ich bereits bei der nächsten Wirbelsäulen-Seele."

Joe: „Wie schnell kommt dann eine Heilung?"

Christian: „Das ist ganz unterschiedlich. All die Muster und Ursachen, die ich auflöse, brauchen Zeit, um sich vom Körper zu lösen. Das ist ein Prozess, der nach der Behandlung in Gang kommt. Dieser Prozess geschieht meistens nachts, im Schlaf, in den Träumen. Es kann sein, dass dieser Prozess sofort beginnt oder erst Wochen später."

Joe: „Um auf den Brustkrebs zurückzukommen: Wie geschieht denn da die Heilung?"

Christian: „Eben, wenn die Muster sich lösen, wenn die Ursache aufgelöst ist, zieht der Körper irgendwann mal mit. Ein Tumor ist nichts anderes als manifestierte Gedanken über eine lange Zeit. Der Körper ist der Spiegel der Seele. Ist die Seele dann wieder gesund, wird auch der Körper wieder gesund, das ist doch völlig logisch, nur dauert es halt. Je früher man einen Tumor erkennt, desto besser der Heilungserfolg. Würde eine Frau ihr Problem schon früher erkennen, zum Beispiel

weil sie immer wieder Beziehungsprobleme hat,
könnte die Bildung eines Tumors verhindert werden."

Joe: „Wie gross ist deine Erfolgschance?"

Christian: „Hm ... das ist relativ schwierig zu beantworten. Das heisst, ich kann es dir schon beantworten, aber ..."

Joe: „Christian, hast du ein Problem damit?"

Christian: „Nein, das habe ich nicht, aber ich beantworte diese Frage nicht gerne, da ich schon oft als überheblich angesehen wurde. Weisst du, es ist mir eigentlich egal, denn ich arbeite, weil es meine Berufung ist und weil ich Spass daran habe. Und wie ich dir schon gestern gesagt habe: Machst du eine Arbeit gut, ist Erfolg selbstverständlich. Allerdings: Wenn ich jetzt da auf dem See bin, einfach mein Leben geniesse, denke ich oft, es kann doch alles nicht sein ... Ich rannte früher selbst von Arzt zu Arzt und erhoffte mir die versprochene Heilung von meinem Asthma – und wurde immer und immer wieder enttäuscht. Ich glaubte aber auch nicht an Heiler oder an ein Medium, und heute bin ich selber einer von denen ...

Aber zurück zu deiner Frage: Wir haben es in der Praxis abgeklärt. Haben über Monate jeden Fall aufgeschrieben und den Erfolg beobachtet. Meine Assistentin führte Buch über alle Fälle. Ich wusste ja selbst nicht mehr, wann jemand gesund werden durfte, da die Gespräche fehlten und ich es auch gar nicht wissen wollte.

Also, in acht oder neun von zehn Fällen wird ein Klient geheilt – egal, wegen welchem Problem er kommt … Bei Krebs ist es die Hälfte der Klienten, die ich heilen kann."

Christian startet auf einmal den Motor seiner Yacht und gibt Gas. Er ist tief in Gedanken versunken. Wir fahren Richtung Zürich. In Herrliberg steuert er Richtung Ufer und geht wieder vom Gas weg. Wir gehen in die Pizzeria Il Faro, in die Gartenwirtschaft direkt am See. Ich sehe, dass Christian immer noch sehr nachdenklich ist, obwohl er doch strahlen müsste, bei solchen Erfolgen, Wunderheilungen.

Joe: „Christian, wieso? Wieso beschäftigt dich das so? Das ist doch absolut fantastisch! Davon können doch viele nur träumen. Erst recht die Schulmedizin."

Christian: „Ja, du hast schon recht, aber weisst du, als ich fast verhungert bin, weil ich kein Essen hatte und auf niemanden angewiesen sein wollte, schon gar nicht auf die Sozialleistungen des Staates, sagten mir meine Kumpels und der liebe Gott immer wieder: Du wirst schon noch Erfolg haben, aber wir müssen dich zuerst formen, damit du dem Erfolg auch gewachsen bist. Ja, dem war auch so. Es ist verdammt schwer, Erfolg zu haben, das kannst du mir glauben. Es ist schwierig, nicht abzuheben, wenn man so viel Erfolg hat. So musste ich dermassen unten durch, mich demütigen, dass keine Gefahr mehr bestand, dass ich abheben könnte, wenn ich später Erfolg haben würde. So arbeite ich heute aus absoluter Dankbarkeit meiner Berufung, Gott gegenüber. Viele bekannte Heiler vergangener Jahrhunderte oder Jahrtausende wurden verfolgt, wenn sie erfolgreich waren. Die Menschheit kann damit nicht gut umgehen. Es erschwert einem das Leben sehr. Ich wurde so geformt, dass mir alles egal wurde, was die Leute über mich denken. Ich wurde aber dadurch auch unverletzbar, und ich werde auch nie verfolgt werden. Irgendwann wird die Pharmaindustrie auf mich zukommen, um mit mir zusammenzuarbeiten. Es gibt heute schon viele Ärzte, die mir Klienten schicken oder selbst zu mir kommen. Ich habe der Schulmedizin sehr viel zu bieten.

Ich bin doch nicht so bekloppt und behalte meine Arbeit verschlossen, das ist nicht im Sinne Gottes! Ich habe die Aufgabe, die Menschen aufzuklären. So schreibe ich Bücher und gebe sie heute in meinem eigenen Verlag heraus, damit für alle das Optimum herausgeholt werden kann. Der beste Lehrmeister ist nicht der, der am meisten Klienten oder Schüler hat, sondern jener, der am meisten Lehrmeister nach sich zieht!

Ich rede nicht gerne über meine Tätigkeit, weil man sie mit dem normalen Denken nicht gut nachvollziehen kann. Mache ich aber einfach meine Arbeit, bin ich einfach ich, und dann ist alles völlig klar. Ich würde auch nie zulassen, dass Klienten vor und nach der Behandlung von einem Fernsehteam gefilmt werden. Ich muss heute niemandem beweisen, dass ich gut bin, ich weiss das selbst. Es reicht, dass ich es weiss, der Rest zeigt meine Klientel, die aus der ganzen Welt zu mir kommt."

Joe: „Kommen alle deine Klienten zu dir in die Praxis?"

Christian: „Nein, ich fahre oder fliege oft zu ihnen hin, in die Welt hinaus. Promis und bekannte Persönlichkeiten haben oft nicht die Zeit, zu mir zu reisen, oder der Rummel um sie wäre ihnen zu gross. Ich muss sie auch schützen. Von mir wird auch nie jemand erfahren, wer meine Klienten sind. Aber nochmals zum Reisen: Ich arbeite ja nur drei bis vier Tage pro Woche in der Praxis, so dass genug Platz für Reisen da ist. Reisen ist für mich auch ein sehr schöner Ausgleich. Und als ehemaliger Unternehmer und Manager kann ich mich auch in jeder Schicht problemlos bewegen, auch mit roten Schuhen ..." Christian lacht wieder ...

Joe: „Und das ist sicher auch sehr lukrativ?"

Christian: „Hoffentlich! Diese Menschen wollen es sich auch leisten. Sie wollen es sich wert sein. Ich arbeite nicht wegen des Geldes, sondern weil es meine Berufung ist und ich Spass habe daran. Geldmangel soll niemanden davon abhalten müssen, zu mir zu kommen. Vermögende hingegen sollen ihr Geld auch ausgeben, für sich und ihre Gesundheit. Sie wollen auch bewusst mehr bezahlen. Sie kämen nicht zu mir, wenn sie von meiner Arbeit nicht überzeugt wären. Wenn ich einen oder zwei Tage für einen Klienten unterwegs bin, ist es klar, dass dies mehr einbringen muss, als wenn ich in der Praxis arbeiten würde – es ist meist auch mit einem grossen Aufwand verbunden."

Joe: „Mit wie vielen Klienten arbeitest du im Tag?"

Christian: „Das sage ich nicht. Das spielt doch keine Rolle. Es geht nicht um die Menge, sondern um die Qualität bei meinem Tun."

Joe: „Christian, du hast gesagt, du arbeitest auf verschiedenen Ebenen, aber seist nicht in Trance. Kannst du mir das näher erklären?"

Christian: „Also, wie gesagt nehme ich den Klienten mit den Augen wahr. Dann spüre ich seine Schwingungen, seine Grundschwingung. Seine Ausstrahlung, seine Mimik, seine Gestik sagt mir, wie er im Leben steht, wie er das Leben auch lebt. Dann sehe ich, wie er sich bewegt, durch das Leben schreitet. Dann kommt die Wahrnehmung über meine Fähigkeiten zum Zuge, dem sage ich jetzt einmal, das ist Kanal 1. Ich spüre seinen Körper in meinem. Ich spüre seine Schmerzen, wenn er welche hat, oder wo etwas in ihm blockiert ist. Dann nehme ich ihn über das dritte Auge, über die Hellsichtigkeit, wahr und sehe zum Beispiel, wie sein Körper innen aussieht, wie die Wirbelsäule geformt ist. Dann kommen die Hände zum Zuge. Da nehme ich die Blockaden wahr, wo sie sind.

Mit dieser Information gelange ich dann ins Unterbewusstsein, in die Wirbelsäulen-Seele hinein. Dort kommen dann eben viele Bilder und Situationen hervor, die mir erklären, warum etwas so ist oder war. Ich frage dann das Nervensystem ab, geistig und körperlich. Das gibt mir Aufschluss über den Verlauf der Arbeit. Je nach Art der Schwingungen gehe ich auf dem Körper weiter. In der Regel bringe ich den Körper auf dem Fundament der Wirbelsäule, dem Kreuz, zur richtigen Schwingung. Dies geschieht in Kombination mit den Bildern, die ich bekomme und die mir helfen, die Blockaden zu lösen. Diese Schwingung ziehe ich dann über die ganze Wirbelsäule, bis hinauf zum Kopf. Wenn der ganze Körper in der gleichen Schwingung ist, ist auf der seelischen Ebene die Voraussetzung gegeben, dass der Köper gesund werden kann.

Sitzt zum Beispiel auch noch ein Elternteil im Raum, kann es sein, dass ich gleichzeitig auch mit ihm arbeite, parallel dazu. Und wenn eine Verbindung mit einem Vorfahren besteht, arbeite ich auch mit ihm, auch wenn er verstorben ist, und löse so die Verbindung. Gleichzeitig kann ich aber auch noch aus dem Fenster schauen und den Raben zusehen, wie sie auf dem Birnbaum sitzen, oder ich schaue auf den See hinunter.

Es kann sein, dass gerade während einer Sitzung ein Klient mit Prüfungsangst bei einer Prüfung sitzt und mir das Datum und die Zeit angegeben hat, damit ich ihn begleite. Dies geschieht dann auch noch nebenbei ... Also, es ist alles gleichzeitig möglich, an verschiedenen Orten, egal wo auf der Welt.

Nachvollziehen kann ich es auch nicht, aber die Hauptsache ist, dass es funktioniert. Also man kann sagen, ein Teil von mir ist in Trance, in einem zweiten Kanal, im Universum draussen, und ein kleiner Teil ist dann noch da, irdisch. Kurz gesagt, es ist wie ein grosser Kinokomplex mit zwanzig verschiedenen Sälen, und ich sitze in jedem gleichzeitig und sehe jeden Film, in einem esse ich noch Popcorn dazu, im anderen Eispralinen ... und zwischen den Filmen blinzle ich auch mal gerne den faszinierenden weiblichen Menschenseelen zu ... die wären dann auf Kanal 37 ..."

Ja, Christian ist schon ein komischer Vogel ... er kann etwas mit solch einem ernsten Gesicht erzählen, und Sekunden später schubst er dich in eine völlig andere Welt. Wenn ich ihm zuhöre, laufen bei mir die tollsten Bilderromane ab. Es ist wirklich so, wie mir Klienten erzählt haben: Er kommt herein, packt dich in seine Welt, schüttelt dich gewaltig durch, und du kommst als anderer Mensch wieder raus. Am Schluss lässt er noch einen kurzen Spruch fallen, der so treffend ist, als hätte dich eine Kanonenkugel getroffen.

Die Coiffeuse, die auch im Zentrum Meienberg ihr Geschäft hat, erzählte mir, dass die Klienten manchmal wie ferngesteuerte Wesen das Haus verlassen würden, halb fliegend ...

Christian: „Ach ja, da wäre noch ..."

Joe: „Stopp!! Ich mag nicht mehr, genug für heute! Bring mich wieder nach Stäfa, ich brauche festen Boden unter den Füssen. Ich bin genug durch deine Welten gereist, geflogen heute ..."

Wir gleiten gemächlich in den Hafen von Stäfa. Direkt neben dem Steg, in einer kleinen, einfachen Gartenwirtschaft, genehmigen wir uns noch einen Drink. Christian kann innert Sekunden vom Erzählen über seine Praxis zu privaten Themen wechseln, das finde ich so faszinierend. Du kannst mit ihm eine völlig ernste Sache bereden, und schwupp, kann er wieder schallend lachen.

Joe: „Christian, ich finde es spannend, wie du immer wieder innert Sekunden von einem Thema zum anderen wechseln kannst. Konntest du das schon immer?"

Christian: „Ja, das hat mir nie Mühe gemacht. Ich bin in Gedanken eh immer in verschiedenen Geschichten verhangen. Auch wenn ich einen gemütlichen Eindruck hinterlasse, bin ich in mir drin alles andere als gelassen. Es läuft immer sehr viel in meinem Geiste. Ich beobachte immer die ganze Umgebung, weil ich das sehr spannend finde. Viele Leute können nicht mehr in der Welt umher sehen. So viele gehen mit geschlossenen Augen oder Scheuklappen durchs Leben."

Joe: „Christian, kannst du auch mal abschalten?"

Christian: „Das ist in der Tat ein schwieriges Unterfangen. Auf der einen Seite will ich natürlich den Lebensimpuls spüren, aber auf der anderen Seite gelingt es mir nur sehr schwer, völlig hinunterzufahren. Aus diesem Grunde geniesse ich ab und zu meine Zigarren, da kann ich die Seele baumeln lassen. Und jetzt, wo ich das Wasser entdeckt habe, gelingt es mir auch sehr gut.

Mit dem Boot musst du völlig ruhig und gelassen reagieren, sonst kostet es viel Geld, wenn die Hafenmauer im Wege steht oder du den Wind nicht einschätzen kannst. Du kommst aufs Boot, öffnest zuerst die Blache, schaust nach, ob Wasser eingedrungen ist, kontrollierst, ob noch genug Benzin im Tank ist, dann geht's mit dem Blick zu den Fahnen auf den Booten oder im Hafen, damit du die Windrichtung erkennst. Und das Wichtigste: Du musst unbedingt das Wetter beobachten und einschätzen. Es ist nichts mit Schlüssel drehen und tschüss wie bei einem Auto. Es braucht Zeit und Geduld, bis es losgehen kann.

Aber genau das lässt dich hinunterkommen – wenn du den Motor startest, bist du schon sehr ruhig. Das Wasser, das unaufhörliche Schwanken des Bootes, wiegt dich sozusagen in die Ruhe und Gelassenheit. Du hast hier ein Boot von zweieinhalb Tonnen Masse, die ständig in Bewegung ist. Am Abend, wenn du zurückkommst, bist du richtig bei dir und nimmst dazu noch die wunderbare Natur mit nach Hause. Ich hätte nie gedacht, dass mich dies so erfüllen würde. Ich hatte nie vor, ein Boot zu kaufen, doch eines Abends hörte ich in einer Pizzeria ein Gespräch vom Nebentisch mit. Ein Mann sagte zu seinen Kollegen: 'Ich gehe oft am Abend erst so um neun Uhr hinaus, dann geniesse ich an Bord ein gutes Glas Wein und zünde mir eine Zigarre an.'

Diese Aussage hat in mir einen Schalter umgekippt. Am nächsten Tag rief ich einen Fahrlehrer an und buchte die ersten Fahrstunden. Wir gingen bei Regen und Sonne raus, und es packte mich immer mehr. Etwa zwei Monate später hatte ich meine Prüfung im Sack – und die Indigo. Ja, das bin eben ich. Und ich bin jede Minute auf dem See, wo es nur geht, manchmal auch bei Regen. Ich bin nicht der mutige Abenteurer, aber ich lebe das Abenteuer Leben mit jeder Facette, das braucht manchmal genau so viel Mut."

Joe: „Ja, Christian, auch da spürt man, dass du alles mit Leib und Seele tust."

Christian: „Ja, das ist so, ich bin eigentlich ein fauler Hund, aber das, was ich mache oder an die Hand nehme, mache ich richtig und meist perfekt, das war immer mein Schlüssel zum Erfolg. Weniger ist mehr! Und vor allem muss man es richtig machen! Das lehrte mich mein Vater. 'Wenn du etwas machst, dann richtig!', sagte er einmal.

In allem, was ich tue, ist meine Seele drin. Meine Seele kann von niemandem kopiert werden, dies kam mir zu Unternehmerzeiten zugute. Alle wollten meinen Erfolg kopieren, aber sie wussten nicht, was es war, das diesen Erfolg ausmachte. Sie hatten die gleichen Mittel, die gleichen Materialien, die gleichen Kunden, aber sie hatten ihre Seele, ihr Herzblut nicht drin.

Ich sanierte auch Unternehmen. Das Wichtigste an dieser Arbeit war jeweils, eine Seele in das Unternehmen zu bringen. Hat eine Firma eine Seele, ist es wie beim Menschen: Dann schwingt es, und alles wird gesund. Eine Firma zu heilen ist dasselbe wie einen Menschen zu heilen. Aus diesem Grunde ist meine Arbeit heute gar nicht viel anders als meine frühere Tätigkeit, auch wenn viele das denken würden.

Sieh doch, das beste Beispiel haben wir hier an diesem Steg: Dort vorne ist ein Restaurant mit gutem Namen und guter Küche. Der Wirt führt es in der dritten Generation. Wenn wir aber genauer hinschauen, sehen wir hier in dieser kleinen Hafenkneipe ohne Dach und Windfang viel mehr Leute. Die Stühle sind viel weniger bequem, die Karte beschränkt sich auf Grill, Fritteuse und Glacewagen. Da ist eben eine Seele drin, obwohl die Qualität viel geringer ist – auch wenn sie gar nicht mal viel weniger kostet."

Joe: „Hast du auch eine Lebenspartnerin, Christian, oder lebst du alleine?"

Christian: „Joe, ich denke, du bist jetzt müde …"

Es war wieder mal so eine elegante Worteinlage von Christian, die alles sagte … ich werde zu gegebener Zeit nochmals nachfragen. So ging ich zum Parkplatz. „Ach ja, Joe, morgen versammeln wir unsere Geister in meiner Praxis, um zehn Uhr." Und weg war er ...

3. Kapitel

Mittwoch

Ich betätige die Klingel unter dem Namensschild von Christian. „Komm rauf", ertönt es aus dem Lautsprecher bei der Klingel.

Joe: „Guten Morgen, Christian."

Christian: „Guten Morgen, Joe, du Tourist und Guest Writer. Hast du die Nacht ruhig und gedankenlos verbracht? Komm, ich möchte dir meine Praxisräume zeigen."

Wir betreten seine Praxis.

Joe: „Das sieht ja recht freundlich, hell und bunt aus bei dir!"

Christian: „Ja, so soll es auch sein. Es soll wie mein Wohnzimmer sein, es ist ja meine Seele drin."

Joe: „Du hast so schöne und spezielle Blumen für deine Klienten."

Christian: „Für meine Klienten? Nein, die Blumen sind für mich hier!"

Joe: „Wie meinst du das?"

Christian: „ Joe, merk dir eins: Alles, wirklich alles fängt bei dir und deinem Tun und Sosein an. Die Blumen stehen hier, weil ich Blumen über alles liebe! Meine Stühle sind rot und blau, die formschöne Liege beruhigend orange, weil ich es bunt und abwechslend liebe. Ich habe mir immer schon helle und freundliche Räume gewünscht, um all den alten Klischees von der dunklen Praxis und den Träumfänger aufhängenden, Birkenstock-Sandaletten tragenden, weiss gekleideten Heilern und Eso-Gestalten den Rücken zu kehren. Die haben nämlich genug esoterischen Unfug aus ihren vergeistigten Köpfen rollen lassen – wobei dies meist nur gelernte Wahrheiten sind, ohne dass diese Leute dabei diese Aussagen hinterfragt haben.

All dies ist heute nicht mehr zeitgemäss, nicht mehr glaubwürdig. Willst du die Leute aus der heutigen Welt an der Praxistüre abholen, musst du bei dir und in der jetzigen Zeit und Welt zuhause sein. Genau so fühlt sich dann der Klient bei mir. Hier läuft auch im Hintergrund immer leichte klassische Musik, die alles untermalt. Ich bin hier zuhause, und es ist mir sehr wohl dabei. Das meine ich damit: Du musst alles zuerst für dich tun, dann tust du es für alle.

Wenn jemand zu einer kranken Person sagt: Gehe doch zu Christian Frautschi, ich denke, er kann dir helfen – dann ist in seinen Worten meine Seele bereits drin. Viele wissen nämlich, wenn sie hierher kommen, gar nicht, dass ich ein Heiler bin, und schon gar nicht, wie ich arbeite! Das ist gut so! Auf meiner Visitenkarte steht nur wenig: mein Name, meine Telefonnummer und meine Website. Meine Praxis ist wie ein normales Unternehmen organisiert. Meine Assistentin, welche die Termine abmacht, hat vorne das Büro mit der nötigen Infrastruktur. Die zweite Assistentin beantwortet die Mails und erledigt die Telefonate. Sie hat einen Laptop mit Modemstick und kann überall arbeiten. Alle Daten werden auf einem externen Server gelagert. So werden im Monat drei- bis viertausend Termine koordiniert. Ich kann mich auf der ganzen Welt einloggen und bin immer auf dem neusten Stand. So, und jetzt komm, wir wollen wieder aufs Wasser."

Christian zeigt mir dann aber noch kurz seine Wohnung. Die ist wunderschön, auch wieder hell und freundlich eingerichtet, und sie bietet einen wunderschönen Weitblick auf den Zürichsee und in die Alpen. Ja, es ist ein wunderbares Haus mit einer sehr speziellen Atmosphäre. Aber man spürt auch, dass Christian noch immer der perfekt organisierte Unternehmer ist, trotz der weichen Atmosphäre im Haus. Christian meint beim Verlassen des Hauses zum Abschluss noch: „Joe, all diese kleinen Puzzleteile um mich herum geben mir die Möglichkeit, in Ruhe meine Arbeit an den Wirbelsäulen-Seelen auszuüben. Strukturen und Perfektionismus am richtigen Ort lassen das Maximum aus dem Tun schöpfen."

Dann drückt er mir einen Helm in die Hand und startet die schwarze Vespa mit Chromverzierungen und Windschutzscheibe, die vor dem Hause steht. „Schwing dich rauf, wir fahren."

So brausen wir davon, am See entlang nach Schmerikon, wo sich Christians Bootsliegeplatz befindet. Er fährt schon etwas krass, überholt, schlängelt sich durch die Kolonnen, steht beim Rotlicht immer zuvorderst. Ich spüre aber, dass er dieses Italo-Gefährt beherrscht. Es kommt mir vor, als würden wir durch die Strassen von Napoli fahren – nur das Gehupe der Cinquecentos fehlt noch. Ja, Christian passt sich scheinbar auch der Italo-Seele seiner Vespa an.

Auf dem Boot angekommen, erzählt er mir, dass er früher sehr viel Motorrad gefahren sei. „Weisst du, auf dem Motorrad war ich mich. Die Maschine mit bis zu 160 PS war mit mir wie zusammengeschweisst, ich war eins mit dem Motorrad. Ich konnte mich dort vollends entfalten. Irgendwann aber spürte ich, dass es Zeit war, weniger Risiken einzugehen. Das letzte Motorrad, eine Kawasaki Z 1300 mit 6 Zylindern und 320 Kilo Eigengewicht – ein Oldie – musste ich dann am Ende auch noch hergeben, als ich alles verlor. Das schmerzte schon."

Wir machen seine Indigo bereit und fahren los.

Joe: „Wenn du zum Beispiel von jemandem hörst, dass er schwer krank ist oder ein Gebrechen hat, was denkst du dir dabei?"

Christian: „Nun ja, das ist manchmal schon sehr schwer. Ich sehe oft Persönlichkeiten, über die berichtet wird, dass sie verletzt oder schwer krank seien. Ich bekomme dann sehr oft die Ursache mit oder spüre ihre Schmerzen – gegen ihr Problem aber darf oder kann ich nichts unternehmen."

Joe: „Aber du hast doch gesagt, dass deine Fähigkeiten in die Praxis gehören?"

Christian: „Ja, dem ist so, nur: Ich spüre die Leute auch, ohne dass ich es will. Ich merke dann auch sofort, wo das Problem liegt. Ich war mal an einer Eiskunstgala in Zürich, Art on Ice. Als ein Paar seine Kür hinlegte, spürte ich sofort den Läufer. Ich nahm eine Blockade in seiner rechten Hüfte wahr. Eine andere sehr bekannte Schweizer Läuferin musste sogar mal die Europameisterschaft absagen, war auch an den Olympischen Spielen dadurch beeinträchtigt, dass sie einen Bandscheibenvorfall hatte. Wenn ich so etwas wahrnehme, weiss ich, ob es eine kleine oder eine grosse, tiefe Verletzung ist, die dahintersteckt. Ich spürte aber bei beiden, dass das Problem in zwei bis drei Sitzungen zu lösen wäre. Das stimmt mich dann schon etwas traurig, dass ich da nicht helfen darf."

Joe: „Aber wieso gehst du dann in solchen Fällen nicht einfach auf diese Person zu?"

Christian: „Das darf ich nicht!"

Joe: „Wieso nicht, wenn du doch helfen könntest?"

Christian: „Es wäre dann mein Ego im Vordergrund. Ich spüre sehr viel von vielen Menschen, aber ich darf nichts sagen, ausser ich werde gefragt. Es wäre ein Übergriff auf ihre Persönlichkeit, und das steht mir absolut nicht zu. Ich muss mich den Mitmenschen gegenüber immer respektvoll und ethisch verhalten. Ich habe mit meiner Begabung eine Schweigepflicht. Ich sehe oft Krankheiten und darf nichts sagen. Ich habe bei meinem eigenen Vater gewusst, dass er Krebs hatte, aber durfte es ihm nicht sagen, weil auch er es für sich behalten wollte – er sagte es nicht mal meiner Mutter. Er wusste aber, dass ich es wusste, weil ich eine Bemerkung machte, die ihm klarmachte, dass ich es wusste. Ich durfte erst wieder mit ihm arbeiten, als er im letzten Moment auf mich zukam; dann durften ihn meine Hände in sehr kurzer Zeit heilen. Siehst du, Joe, ich habe so verdammt viele Geheimnisse und Infos und darf nichts sagen ..."

Christian beginnt zu weinen ... „Joe, jeder Mensch hat sein Schicksal, seinen Weg, den er gehen darf, muss. Seine Seele bestimmt den Weg, noch bevor sie in den Körper kommt. Sie will bestimmte Erlebnisse durchleben, das Leben in diesem Körper, den sie ausgesucht hat, erfahren. Unser Leben besteht aus Erfahrung – wir handeln genau so, wie unser Unterbewusstsein es sich wünscht. Diesen Wunsch können wir durch unser Denken, das heisst durch unseren Geist nur bedingt beeinflussen. Der Geist ist unser Denken, unser Hirn. Aber unser Geist wird von der Seele gesteuert.

Aus diesem Grunde können wir im Leben nicht kämpfen. Alles, was ich in meinem Leben nur deshalb getan habe, weil mein Ego es so wollte, ist gescheitert. Wenn ich zum Beispiel eine Frau angelacht habe, weil sie einfach eine tolle Figur hatte und schöne Lippen, die ich gerne geküsst hätte, dabei aber nicht auf mein

Herz, meine Seele gehört habe, ging es schief. Ich wollte vor Jahren wieder ins harte Haifischbecken Business eintauchen. Ich habe mir aus dem Ego heraus die falsche Seilschaft ausgesucht. Ich wollte bewusst nicht auf meinen Verstand, auf mein Herz hören. Unbewusst war mir im ersten Augenblick klar, dass die Leute, denen ich vertraute, nur Sprüche machten. Als ich es bewusst bemerkte, respektive wieder wahrnahm, war es zu spät. Ich habe mein ganzes Vermögen verloren. So verlor ich schlussendlich mein letztes Hemd, hatte weder Bett noch Geld. Doch dieses Schicksal warf mich wieder auf meine Hände, auf meine Berufung zurück.

Ich fing genau zu diesem Zeitpunkt, am absoluten Tiefpunkt in meinem Leben, wieder von vorne an. Ich kämpfte nicht mehr! Ich war nur noch mich. Ich erwachte eines Morgens und schrieb mein erstes Buch. Dieses Buch zeigte mir dann den Weg. Meine eigenen Worte, mein Selbst führten mich zu dem, was ich heute bin. Fünf Jahre nach diesem Tiefpunkt in meinem Leben habe ich in meinem eigenen Verlag die zweite Auflage meines ersten Buches herausgebracht. Die erste Bestellung überbrachte ich der Verlagsauslieferung persönlich mit meinem Mercedes. Ich tat das nur ganz alleine für mich. Ich war ganz alleine mit mir, als es mir jeweils schlecht ging im Leben – und mit einem genau so grossen Stolz zelebriere ich für mich alleine solche guten Momente, den Erfolg. Weisst du, ich bin absolut kein Materialist, aber ich liebe schöne Dinge im Leben, ich bin es mir zu gegebener Zeit wert. Es ist wie eine Selbstanerkennung, eine Bestätigung meines Tuns. Jeder Mensch muss gelobt werden, so muss ich auch mich selbst anerkennen und loben, wenn ich in meinem Leben schon keine irdischen Lehrmeister habe, nie welche hatte.

Ich bin heute verdammt stolz auf das, was ich wieder erreicht habe. Ich habe ein wunderschönes Auto, weil ich es mir gönne. Trotzdem kann ich mich immer noch den jeweiligen Verhältnissen anpassen. Zu meinen ersten Auslandaufträgen fuhr ich noch mit einem alten VW Golf mit 200'000 Kilometern auf dem Buckel. Ich versteckte den Wagen jeweils vor dem 5-Sterne-Hotel, damit niemand sah, dass dieser Mann im Massanzug und in roten Schuhen aus einer alten Karre ausstieg.

Ich habe mit vielen Managern gearbeitet, und sie wurden sich selbst. Und sie wurden dabei, durch ihr Selbstsein, auch sehr erfolgreich und wohlhabend. Ich habe Unternehmer zu Millionären gemacht, weil sie Erfolg aussuchten, respektive mich aussuchten, damit ich mit ihnen arbeitete und sie so ihre Blockaden lösen konnten. Wäre mir selbst nie bewusst geworden, dass ich deshalb erfolgreich arbeite, weil ich mich immer und immer wieder selbst spiegle und hinterfrage, dann wäre ich nie authentisch geworden und wäre heute nicht der Mensch, der ich jetzt bin. Aber nur so kann ich wissen, wie man anderen Menschen zum Erfolg verhelfen kann. So wurde ich mir auch immer mehr und mehr wert. Wenn ich Unternehmer zu Millionären machen kann, kann ich auch mich selbst wieder zu einem Millionär machen – nicht um des Geldes willen, sondern weil es mein Tun widerspiegelt, bestätigt. Ich verdiene heute sicher sehr gut durch mein Tun, und ich investiere mein Geld immer und immer wieder in neue Projekte. Ich habe mit meinen Büchern bis heute noch keinen Franken verdient. Aber sie haben die Aufgabe, Menschen zu bewegen. Meine Bücher sollen die Menschen wieder zu sich selbst bringen. So heilen sie auf ihre Art, es ist eine Vervielfältigung meiner Persönlichkeit.

Meine Praxis ist ja teilweise auf Monate, Jahre hinaus ausgebucht, so dass ich die Leute nur noch über die Bücher heilen kann. Es ist zum Beispiel auch so, dass ich mich jeden Abend hinsetze und das Geld, das ich am Tag verdient habe, ganz bewusst in die Hand nehme und zähle. Es ist ein Dankeschön an den Wert, den sich jeder gegeben hat, indem er zu mir gekommen ist. Geld hat auch eine Seele. Manch kleiner Geldschein ist für viele ein Vermögen, und genau so habe ich diesen zu schätzen und zu behandeln. Eine kleine Banknote von einer alleinerziehenden Mutter, die mit ihrem kranken Kind zu mir gekommen ist, hat meist mehr Wert als eine grosse Banküberweisung eines Multimillionärs.

Ups, sorry, jetzt bin ich etwas vom Thema deiner Frage abgekommen, Joe. Also, ich wollte nur sagen, dass das Schicksal dein Leben bestimmt und verändert. Hat eine Krankheit ihren Sinn und Zweck erfüllt, nämlich das Bewusstsein des Klienten zu ändern, dann wird der Klient auch gesunden. Will das Schicksal – um wieder auf den Spitzensport zu kommen -, dass so ein Sportler zu meinen Händen findet, wird es auch geschehen. Aber eben, es ist in der Tat so, dass es manchmal hart ist, zuzuschauen, nichts tun zu dürfen und dabei zu wissen, dass sich vieles sehr einfach und schnell ändern könnte."

Joe: „Hm ... ja, es ist schon verrückt, mit wie vielen Geheimnissen und wie viel Wissen du durch die Welt schreitest. Wie hältst du das nur aus?"

Christian: „Indem ich bei mir bleibe, einfach nur mich bin. Ich könnte Bücher schreiben über das, was die Schulmedizin falsch macht, doch wem bringt dies etwas? Niemandem! Ich mache es anders, nämlich in meinem Tun – und so wird die Schulmedizin so oder so auf mich aufmerksam werden, hat dann aber eine ganz andere Meinung von mir. So hat vieles viel mehr Kraft. Es nützt nichts, wenn wir wissen, was wir falsch machen – es nützt nur dann, wenn wir wissen, wie wir es richtig machen können, könnten.

Ob es dann auch gelingt, spielt keine so grosse Rolle, denn die Hauptsache ist, dass wir es tun. Es gibt keinen falschen Weg, sondern nur Umwege im Leben.

Falsch ist es nur, wenn wir unseren Arsch nicht bewegen.

Weisst du, es standen schon viele Ereignisse in der Presse, die auf mein Tun zurückzuführen waren, doch wusste es niemand. Einmal wurde ein Mord wochenlang durch die Presse gezogen. Ich sagte der Seele, die den Mord begangen hatte, dann eines Abends, sie solle dieses Verbrechen doch zugeben, damit alle und auch sie selbst ihren Frieden finden. Am nächsten Tag stand gross auf den Titelseiten in der ganzen Tagespresse, dass diese Person den Mord zugegeben hätte. So heile ich auch Seelen, die auf Abwege gekommen sind. Auch dies gehört zu meiner Aufgabe."

Joe: „Christian, das klingt wirklich alles sehr verrückt ... verlierst du nie den Bezug zur Realität?"

Christian: „Nein, wieso sollte ich? Es ist eben enorm wichtig, dass ich mich dieser Welt stelle. Das ist das, was ich meinte mit: Medium sein, wie es früher gehandhabt wurde. Ich bewege mich mit der Gesellschaft, ich gehe ins Kino, gehe bewusst an belebte Plätze und in Städte, damit ich den Puls des Lebens spüre. Ich kann mich dem doch nicht entziehen und dann so klugscheisserisch meinen Klienten sagen, was sie tun sollen, wie sie sich bewegen sollen – das wäre nicht glaubwürdig. Ein Heiler, der sich nicht in die Welt begibt, sich der Gesellschaft nicht stellt, kann nicht glaubwürdig arbeiten. Es sagt ja niemand, dass man sich in eine Masse von Menschen begeben muss, aber man muss mit den Menschen mitgehen. Wir müssen den Puls des Lebens spüren und erkennen und wenn möglich erhöhen, damit wir in Schwingung kommen. Niemand kann eine Arbeit aus dem Ego heraus ausführen, das heisst, man kann schon, nur muss es einen dann nicht wundern, wenn man an Schwingung, an Lebensimpuls verliert. Das hat uns die Wirtschaft ja genug gezeigt. Meinst du, die Weltwirtschaftskrise sei einfach so gekommen?"

Joe: „Was hat denn die Weltwirtschaftskrise, die Bankenkrise, mit der Gesellschaft zu tun? Wie kommst du jetzt auf dieses Thema?"

Christian: „Weil es uns krank macht! Die Weltwirtschaft und die Banken haben ihre Seele verloren, und sie haben Millionen von anderen Seelen mitgezogen!"

Joe: „Wieso das denn?"

Christian: „Also, ich nehme mal als Beispiel die grösste Schweizer Bank, die UBS. Vor zwanzig Jahren hat sie in den Schalterhallen Automaten aufgestellt. Wenn du eine UBS betreten hast, hat dich als erstes ein Geldautomat begrüsst. Es wurde mit allen Mitteln verhindert, dass die Leute noch an den Schalter gingen, um ihr Geld abzuheben oder es auf ihr Konto zu legen. Als ich dies das erste Mal sah, wusste ich, dass es nicht gut gehen würde! Die Menschen am Schalter wurden durch Geldautomaten ersetzt. Die Seelen der charmanten Bankangestellten wurden einfach wegrationalisiert, sie hatten keinen Wert mehr. Man wollte nur noch

Kunden, die mit grösseren Geschäften kamen, direkt in die Büros der Anlageberater führen.

Damit hat alles angefangen. Die Persönlichkeit des Personals wurde untergraben, zunichte gemacht. Vor zehn Jahren begann eine schleichende Rezession, die fünf Jahre dauerte. Dies wollte aber niemand zugeben. Entsprechende Aussagen wurden unterdrückt. Man sagte einfach nur einen schwachen Wirtschaftsaufschwung vorher. Aus diesem Grunde wurde das Personal zu mehr Arbeit angetrieben. Die Wirtschaft, vor allem die Banken, eben auch die UBS, nutzten die Angst der Angestellten und forderten immer und immer mehr. Jeder Angestellte war nur noch eine Nummer. Er hatte zu arbeiten. Öffnete er den Mund, wenn etwas nicht stimmte, hatte er keinen Job mehr, als er den Mund wieder schloss. Viele Leute wurden nur noch zu 80% angestellt, mussten aber genau so viel leisten wie vorher in einem 100%-Pensum.

Als ich spürte, dass es der Wirtschaft wieder besser ging, fragte ich eine bekannte Personalberaterin und Headhunterin, ob sie dies auch spüre. Sie verneinte: Es werde kein neues Personal eingestellt, man warte noch zu.

Als ehemaliger Unternehmer weiss ich natürlich, dass das Personal ein sehr grosser Kostenfaktor ist. Aber ein Unternehmen hat auch die Pflicht, anständig mit seinem Personal umzugehen. Dies geschah im Bankensektor aber nicht. Man stellte nur noch gute

Anlageberater ein, in der Hoffnung, so an neue Klienten heranzukommen. Ein Anlageberater, der 100 Millionen Vermögen verwaltete, bekam sofort einen Job in einer Bank. Weisst du, es war völlig verrückt, wie ich dies alles spürte und einfach zusehen musste, was daraus resultieren würde. Ich hatte immer mehr Klienten mit Burnouts und Erschöpfungsdepressionen. Die Ausnützung der Angestellten schlug sich auch auf das ganze Gesundheitswesen nieder. Dadurch, dass die Banken später wieder gut verdienten und es mit der Börse wieder aufwärts ging, mussten für das viele verdiente Geld Investitionsmöglichkeiten gesucht werden.

Die Grossbanken, vor allem die UBS, verloren durch ihre wenig kundenfreundliche Betreuung immer mehr Klienten für Hypotheken. Sie mussten mit sehr teuren Werbekampagnen wieder Klienten in die Schalterhallen bringen: dorthin, wo auch die Geldautomaten standen. Durch die Geldautomaten kamen die Klienten eben nicht mehr an den Schalter und fragten in der Folge auch nicht mehr nach der Möglichkeit, eine Hypothek aufzunehmen. Das ganze Vertrauensverhältnis war verloren gegangen. Kundennähe kostet zu viel, hatten sich die Banken gesagt. Es wurde nur noch von oben herab diktiert, wie früher, im Zeitalter der Patriarchen. Die Banken verloren vollends ihre Seelen.

Aus dem angehäuften Kapital musste Rendite geschlagen werden. Die Banken investierten immer mehr in risikoreiche Anlagen im Ausland, vor allem in den Vereinigten Staaten. Es wurde in grosse Immobilienfonds investiert. Die Kundennähe wurde so vollends aufgegeben. Es wurden Hypotheken ausbezahlt an Kunden, die man nicht kannte. In derselben Weise, in der man vor zwanzig Jahren das freundliche Personal durch Geldautomaten ersetzt hatte. Es war damals der Anfang vom Ende … Menschenseelen hatten absolut keinen Wert mehr. Es wurden Seelen vernichtet, somit wurden auch Werte, Kapital vernichtet. Die Banken, in der Schweiz vor allem die UBS, standen kurz vor dem Kollaps. Der Staat musste die UBS retten! Die Menschen, die aus der UBS-Schalterhalle verbannt worden waren, mussten mit ihren Steuergeldern die UBS retten!

Dann kam wieder etwas zum Zug, was unsere Wirbelsäulen-Seelen belastete. Die Bankenkrise wurde von der Presse Tag für Tag künstlich mit Angstmache hochgeschraubt.

Unsere Wirbelsäulen-Seelen haben die Funktion, uns auf Gefahren aufmerksam zu machen. Aus diesem Grunde werden die verschiedenen Geschehnisse auch dort abgespeichert. Wir wollen uns vor diesen Geschehnissen schützen. Angst ist dann die Folge, die uns eigentlich vor etwas schützen, bewahren sollte.

Und genau mit dieser Angst betreiben unsere Medien – Radio, Fernsehen und Zeitungen – ihr Geschäft. Die Angst, die uns eigentlich beschützen sollte, damit wir instinktiv richtig handeln oder einer Gefahr entgegenwirken, wird knallhart ausgenützt, um Einschaltquoten und Auflagen zu erhöhen. Unsere Wirtschaftskrise hätte nie dieses Ausmass angenommen, wenn die Medien nicht so über die Banken UBS und CS hergezogen wären. In der Folge zogen viele Kunden ihre Ersparnisse von den Banken ab. Genau dies aber brachte die Grossbanken in Bedrängnis. Das Resultat: Es war kein Geld für die Sicherstellung der eigentlichen Bankentätigkeit mehr da. Die kleinen Banken hingegen hatten regen Zufluss an Kundengeldern. Die seelenlosen Geldautomaten-Grossbanken mussten bei den kleinen Banken, die noch eine Seele hatten, Geld zum Arbeiten beschaffen.

Durch all diese Geschehnisse und die verbreitete Angst brach die ganze Wirtschaft ein.

Joe, was meinst du, wieso erzähle ich dir dies alles?"

Joe: „Das wirst du mir sicher gleich erklären."

Christian: „Ja, weil es unserer Gesundheit schadet! Eigentlich sollte ich dies alles nicht erzählen, da all die kranken Menschen-Seelen meine Praxis füllen. Aber ich tue es trotzdem, weil ich auch eine Verantwortung habe den Menschen gegenüber. Ich habe die Aufgabe, möglichst vielen Menschen zu helfen, sie zu heilen respektive sie vor Krankheiten zu schützen, indem ich ihnen helfe, dass sie wieder zu sich, zu ihrem Selbst nach Hause kommen. Jede Krankheit hat einen seelischen Ursprung.

Genau in dieser Wirtschaftskrise erkrankten viele Menschen an einer Magen-Darm Grippe – denkst du, das kommt von ungefähr? Nein, der Magen steht für Leben, Nahrung aufnehmen, der Darm für die Verarbeitung der Nahrung. Das Leben vieler Menschen wurde durch die Wirtschaftskrise und die Bankenkrise beeinflusst, ob sie wollten oder nicht. Viele Menschen wurden dadurch krank, ob sie wollten oder nicht. Nur weil viele verantwortungslose Managerseelen durch ihr Tun abgestumpft waren.

Aber eine Welt ohne Seelen lebt nicht mehr! Sie wird krank!

Unsere Sozialkosten, unser Krankensystem können kaum mehr bezahlt werden. Dieses System wird jedes Jahr teurer, denn auch Versicherungen und Krankenkassen sind Unternehmen, die Wachstum brauchen. Also sagt die Politlobby und die Wirtschaft einfach ja zur Krankenversicherungsverteuerung ... Ist unsere Gesellschaft nicht global krank?

Ja, Joe, würde ich mich nicht in die Welt hinaus bewegen, den Puls der Welt erforschen und fühlen, könnte ich meine Klienten nicht so gut verstehen. Ich weiss heute, warum ich früher Unternehmer und Manager sein musste, um dies alles zu verstehen. Ich verstehe die Manager, die in meine Praxis kommen. So kann ich ihnen helfen, und sie können ihren Beitrag in der Wirtschaft leisten, zum Wohle der Gesellschaft. Und sie werden dabei auch selbst noch gesund und brauchen keine Herzmedikamente mehr.

Und das Verrückte an dieser ganzen Sache ist: Meine Arbeit wird von keiner Krankenkasse bezahlt … auch wenn ich Gesundheitskosten einzusparen helfe. Stell dir mal vor, dass durch die Heilung des Klienten, von dem ich dir erzählt habe, des Mannes mit der kranken Lunge, Kosten von etwa 300'000 Franken eingespart wurden …"

Joe: „Ja, eigentlich unglaublich … Christian, du bekommst so viel mit von dieser Welt und dem Geschehen, du hast so viele Geheimnisse – wie kannst du das verarbeiten?"

Christian: „Weisst du, vieles weiss ich einfach oder spüre es und nehme es einfach mal so auf und lasse es stehen. Ich kann dies dann niemandem sagen, es würde nicht gehört werden. Fünf Jahre vor dem Untergang der Swissair wusste ich bereits, dass diese Firma kollabieren würde. Ich sah ein Interview mit dem damaligen Swissair-Chef. Ich sagte dann nur: Wenn der so weitermacht, geht die Swissair kaputt. Meinst du, es hätte damals jemand einem Christian Frautschi Glauben geschenkt? Ganz sicher nicht! So wie ich eben beschrieben habe, dass ich vor zwanzig Jahren den späteren Kriechgang der UBS erahnt habe. Heute habe ich die Möglichkeit, so etwas am Rande, mit irgendeiner Bemerkung in einem meiner Bücher, festzuhalten. Joe, ich habe letzthin in einer Fernsehsendung gesehen, dass das Passivrauchen in der Schweiz im Jahr drei- bis vierhundert Todesopfer fordere. Zwar kann ich diese Zahl kaum glauben ... doch egal: Durch das Handeln und die Machenschaften der Wirtschaft sterben, behaupte ich, drei- bis viertausend Menschen in der Schweiz im Jahr! Ich weiss doch selbst, wie viele Wirtschaftsopfer nur alleine ich in der Praxis habe, und niemand würde sich je getrauen, ein Wort darüber zu verlieren...

Um aber auf deine Frage zurückzukommen: Ich verarbeite die vielen Informationen, die ich erhalte, in Gesprächen mit ganz guten, vertrauten Freunden oder mit meiner Partnerin. Aber weisst du, ich bin es mir schon das ganze Leben gewohnt, dass ich Geheimnisse habe, die niemand verstehen kann oder über die ich mit niemandem reden kann, weil kein entsprechender Ansprechpartner da ist.

In der Tat bin ich sehr oft verdammt einsam mit meinen Geheimnissen und meinem Wissen."

Joe: „Ich muss dich an dieser Stelle nochmals fragen, ob du eine Lebenspartnerin hast. Du bist dieser Frage gestern ausgewichen."

Christian: „Ach, Joe, das ist ein schwieriges Thema. Ich habe verschiedene Beziehungen gehabt, aber es ist, oder war, nicht immer ganz einfach."

Joe: „Ja, das kann ich mir denken – aber warum genau?"

Christian: „Also, wie lernt man eine Partnerin kennen? Ich kann eine Partnerin via Internet auf einer Single-Plattform suchen, doch wenn die Neutralität dann bei näherem Kennenlernen weg ist, stellen die lieben Frauen fest, dass ich sehr stark in der Öffentlichkeit stehe ... das ist nicht jeder Frau ihr Ding, und viele ziehen weiter, weil es sie überfordert.

Die meisten Menschen lernen ihren Partner am Arbeitsplatz kennen, das geht aber bei mir auch nicht, denn es sind ja Klientinnen, also muss ich als Therapeut die Finger von ihnen lassen. Auf der anderen Seite gibt es auch Frauen, die mich gerade dadurch, dass ich sehr bekannt bin, unbedingt kennenlernen möchten. Da grenze ich mich aber auch ganz klar ab. Meine Assistentin erledigt dies dann für mich, da mich niemand persönlich erreichen kann. Ja, und wenn ich dann eine Frau kennen lerne, ist es für sie oft sehr schwierig, mit dem umzugehen, was ich alles mache. Sie weiss ganz genau, dass man mir nichts vormachen kann. Sie weiss, dass ich sie durchschaue, ohne dass ich es will. Es muss zuerst ein sehr grosses Vertrauen aufgebaut werden, bis sie weiss, dass ich diese Situation nie ausnützen würde und das auch gar nicht könnte.

Dann kommt aber das nächste Problem: Was sagen denn die engsten Freunde der Partnerin, wenn sie von diesem mystischen, komischen, unfassbaren, ungreifbaren Heiler und Schreiberling erfahren ... Ich erzähle dir ein Beispiel. Und ich muss vorausschicken: Wenn ich in der Praxis bin, bin ich in der Regel völlig neutral, sogar geschlechtslos."

Joe: „Wie kann man das verstehen?"

Christian: „Ich arbeite einfach. Arbeite ich mit einem Mann, spüre ich den männlichen Körper des Klienten, arbeite ich aber mit einer weiblichen Wirbelsäulen-Seele, bin ich im Körper eine Frau. Ich spiegle das Gegenüber, egal welches Geschlecht es hat. Wenn zum Beispiel eine Klientin Eileiterschmerzen hat, spüre ich diesen Schmerz, obwohl ich in meinem Körper keinen Eileiter habe. Aber als hellfühlender Therapeut habe ich dann einen Eileiter auf der mentalen Ebene, demzufolge spüre ich auch den Schmerz. Also, so bin ich eben neutral als Christian Frautschi. So empfinde ich für eine Frau genauso viel wie für einen Mann. Da ich mit Licht und Liebe arbeite, liebe ich im gewissen Sinne jeden Klienten, jede Klientin, egal ob Säugling oder Greis. All dies geschieht aber nur auf der seelischen Ebene, dort, wo ich arbeite. Ist die Arbeit abgeschlossen, empfinde ich Sekunden später nichts mehr – also: Aus dem Auge, aus dem Sinn.

Doch einmal spürte ich in der Wirbelsäulen-Seele einer Klientin sehr viele bekannte Charakterzüge. Am Ende der Sitzung hatte ich den Wunsch, sie zu fragen, ob ich sie einmal zu einem Abendessen einladen dürfe. Da ich ja von meinen Klienten nichts weiss mit Ausnahme von dem, was mir die Wirbelsäulen-Seele erzählt, wusste ich überhaupt nichts aus ihrem Leben, wie zum Beispiel, ob sie in einer Partnerschaft lebte oder weswegen sie zu mir gekommen war. Ich spürte einfach nur, dass wir uns viel zu erzählen hatten, nicht mehr und nicht weniger. Es war absolut keine weitere Absicht dahinter. Sie war völlig erstaunt, dass ich sie überhaupt so etwas fragte, stimmte jedoch gerne zu.

Es kam also zu diesem Nachtessen, und wir bemerkten, dass wir viele gemeinsame Charakterzüge hatten. Dann ging wieder jeder von uns seine Wege. Einige Monate später verabredeten wir uns noch einmal. Nach diesem Abend nahmen wir uns in die Arme und spürten, dass wir viel mehr füreinander empfanden, als wir uns selbst eingestanden hatten. Wir spürten eine ganz grosse Verbundenheit und Liebe.

Ja, und irgendwann kamen dann die Fragen dieses wunderbaren weiblichen Wesens. – Was denken denn meine Freunde von mir, er ist etliche Jahre älter als ich, steht sehr in der Öffentlichkeit, ist für viele unnahbar, nicht fassbar etc. etc. – ja, sie kam ganz schön ins Grübeln, fragte sich, was andere wohl denken würden, was ihre gestandene und in die Gesellschaft eingebundene, konservative Familie wohl denken würde … Sie musste sich von ihren Eltern Fragen gefallen lassen , die vielleicht vor hundert Jahren noch irgendwie Gültigkeit gehabt hätten. Diese Fragen kamen aber eigentlich nur aus der Verlegenheit heraus, weil ihre Eltern wussten, dass ich bekannt und nicht durchschaubar bin. In der Regel haben Eltern für ihre Tochter Freude, wenn sie einen Mann kennen lernt, mit dem sie ihre Zeit gerne in Zweisamkeit verbringt ... Aber mit einem Heiler ...

Ja, Joe, du siehst, dies sind Konfrontationen, die ein gewöhnlicher Mann, ein Arzt, ein Lehrer, ein Handwerker, ein Musiker oder wer auch immer, auf diese Art nicht erlebt. Für uns zählte nur das, was wir füreinander empfanden. Früher, als ich Unternehmer und Manager war, war vieles viel einfacher, obwohl all meine Gaben verdeckt schon da waren."

Joe: „Lebst du denn jetzt mit dieser Frau zusammen?"

Christian: „Ich denke, das gehört nicht hierhin, das ist meine Privatsache, und ich möchte es so stehen lassen."

Christian ist nach diesen Worten sehr nachdenklich geworden. Ja, es rinnen ihm auch ein paar Tränen aus den Augen. Ich schweige einen Moment, denn ich spüre, dass es ihn sehr tief bewegt. Nach einer Weile fasst er sich wieder: „Weisst Du, Joe, ich sehe einen Menschen immer auf der seelischen Ebene. Ich spüre, wie er ist, mit seinem Charakter, seinen wunderbaren Eigenschaften und Gaben. Ich spüre seine Grundschwingung. Wenn diese Grundschwingungen sich bei zwei Menschenseelen gleichen, entsteht eine Verliebtheit. Ich sehe einen Menschen in seinem ursprünglichen Sosein, und wenn es sein soll, verliebe ich mich auch in dieses Sosein. Ich beginne einen Weg mit dieser wunderbaren weiblichen Seele. Nach und nach spüre ich dann, ob diese Seele sich effektiv auch leben kann oder ob dieser Seelenursprung durch ihr Leben wieder verwischt, von alten Mustern und Klischees der Eltern und später durch das soziale Umfeld, wie Freunde, Partner, Arbeitsstelle und ähnliches, überdeckt wurde.

Am Anfang lebe ich in der Verliebtheit aus dem Bauch, aus der Seele heraus. Nach einer bestimmten Zeit kommen die Muster, Vorstellungen, Prägungen oder gebrochene Charakterzüge zum Vorschein. Dann schaltet sich langsam, aber sicher der Geist, der Kopf meiner Partnerin ein. Sie nimmt dann effektiv wahr, was ich tue, wie ich wirklich bin. Selbst das, was am Anfang selbstverständlich war, kann dann überfordern. So merkt sie, dass ich sie unheimlich präsent wahrnehme und so auch auf sie eingehe.

Es kann zum Beispiel vorkommen, dass ich aus Spass ein leeres Blatt Papier nehme und ihr daraus eine Geschichte vorlese ... dass wir kochen und es immer traumhaft schmeckt ... dass ich ihr von meinem Arbeitstag erzähle, was halt eben spannend ist ... dass ich mich einfach hinsetzen und Bücher schreiben kann, aus irgend einer Situation heraus Gedichte schreiben kann, vor Hunderte von Leuten hin stehen und einen ganzen Abend lang ohne eine einzige Notiz einen Vortrag halten kann ... dass ich sie auch auf der erotischen Seite abholen und sie diese Seite ausleben lassen kann ... dass ich schön wohne, gut verdiene und und und... ja, die Aufzählungen könnten noch lange weiter gehen, doch, Joe, ich bin dabei einfach nur mich! Ich kann gar nicht anders als so zu sein!

All diese Dinge können eine Partnerin schon überfordern. Wenn sie dann nicht selbst eine sehr authentische, verkörperte Wirbelsäulen-Seele ist, ist sie mit der Zeit überfordert, wenn sie alles bewusst über den Geist wahrnimmt. Ich erinnere mich daran, wie ich einmal vor einem Vortrag in den leeren Saal mit zweihundert Stühlen kam. Als ich da in diesem Saal stand, kam mein Geist und sagte: Das kann doch nicht sein, dass diese Plätze in dreissig Minuten alle besetzt sein werden. Es kann doch nicht sein, dass diese Leute alle kommen und sogar Eintritt bezahlen, um mir zuzuhören. Ich mache doch gar nichts, sondern stehe nur hin und bin da ... Ja, und so geht es dann eben ... Die liebevollen Frauen fangen an, sich Gedanken darüber zu machen, was sie da alles miterleben mit meinem Abenteuer-Leben-Tagebuch.

Die einen kommen dann in mein Leben und vergessen ihr eigenes, die anderen stellen mich auf einen Sockel oder kommen selbst in Zugzwang, weil sie für mich auch so viel tun wollen, sehnen sich nach Ausgleich im Geben respektive sich selbst Sein. Dabei bekommen es dann die meisten mit der Angst zu tun: Sie fürchten, dass sie nicht alles schaffen, was sie sich vornehmen. Und ist eine Angst im Spiel, einen Partner zu verlieren, ist das Ende der Beziehung meist absehbar. Joe, das war jetzt etwas vereinfacht, es steckt aber noch viel mehr dahinter. Verstehst du jetzt, dass eine glückliche Beziehung für mich wie ein Lottosechser ist? Ist dann so eine Beziehung wieder zu Ende, fühle ich mich verdammt beschissen, auch mir selbst gegenüber, weil ich doch eben nur mich war, sein wollte. Das schmerzt unheimlich, und ich verschliesse mich dann jeweils wieder für eine ganze Weile.

Doch ich verliere den Glauben nicht, immer wieder an eine passende weibliche Wirbelsäulen-Seele zu gelangen, die einfach auch nur sich in ihrem Sosein ist. Ich bin nicht der Mensch, der alleine sein möchte – ich liebe es, eine vertraute Seele an meiner Seite zu haben. Ich bin schon genug einsam in der Universellen Welt mit all ihren Geheimnissen, die ich sehe, aber nicht sagen darf. Joe, ich habe wieder alles, ja wirklich alles, was sich jemand im Leben wünschen kann.

Verstehst du jetzt, dass man sich vieles verdienen kann – was ich in den letzten vier Jahren ja auch wieder tat –, dass man jedoch Liebe und Seelenverwandtschaft, für die es keine Worte gibt, nie und nimmer kaufen kann? Und das macht mich traurig, wenn ich mir darüber Gedanken mache. Du siehst, ich bin diese Woche alleine auf diesem Boot ... würdest du das wollen? Und damit schliessen wir dieses Thema wirklich ab ..."

Ja, ich war wieder einmal mehr verwundert über Christians selbstverständliche Offenheit. Ich denke, man kann mit Christian wirklich über alles reden. Er steht so felsenfest in seinem Leben – mit einer Selbstverständlichkeit, die einen wirklich manchmal umhaut. Ich verstehe langsam seine Aussage:

„Heilen ist wie Kaffee trinken."

Ja, Christian nimmt man diesen Spruch wirklich ab, er trinkt ja auch im Leben gerne genüsslich Kaffee, und so arbeitet er auch, mit einer absoluten Selbstverständlichkeit und einem Genuss, es tun zu dürfen. Ich habe noch nie im Leben einen so authentischen Menschen erlebt!

Joe: „Christian, wie hast du jeweils deine Bewusstseinsänderungen respektive deine Fortschritte bemerkt? Was hast du für Signale, dass du wieder weiter gewachsen bist in deiner Arbeit? Du hast ja erzählt, dass du früher viel länger für eine Sitzung gebraucht hast. Anhand von was stellst du deine Entwicklung fest?"

Christian: „Ich gehe immer und immer wieder durch harte Prozesse, die eine Bewusstseinserweiterung auslösen. Diese Prozesse sehen fast immer gleich aus. Zuerst irgendwelche körperliche Beschwerden über Tage. Dann als Abschluss sehr hohes Fieber. Das letzte Mal war es so. Ich bekam von Freitag auf Samstag eine leichte Bronchitis. Die verschlimmerte sich bis am Sonntagabend massiv, zog sich bis zum Hals rauf, so dass ich kaum mehr schlucken konnte. Ich hatte extrem starke Schmerzen. Sonntagnacht sagte ich zu meinen Kumpels aus dem Universum, sie sollten doch bitte eine abgeschwächte Version bringen. Dann bekam ich sehr hohes Fieber, zwischen 39 und 40 Grad. Ich arbeitete am Montag wieder, Halsweh und Bronchitis waren weg, nur das Fieber war noch da."

Joe: „Kannst du denn so arbeiten?"

Christian: „Ja, es blieb mir nichts anderes übrig. Du kannst nicht Dutzende Termine innert Stunden absagen, denn die Klienten kommen ja aus ganz Europa, aus der ganzen Welt. Am Mittag schleppte ich mich die Treppe in die Wohnung hoch, ass etwas und legte mich für vierzig Minuten hin. Dann ging es weiter bis am Abend. Ich konnte kaum mehr die Treppe hochgehen, weil mir die Kraft fehlte. Es fehlte mir aber nicht die Kraft für die Arbeit, sondern für MEIN Leben."

Joe: „Merken die Klienten das nicht?"

Christian: „Nein, eigentlich nicht. Denn wenn ich arbeite, bin ich eh in einer hohen Konzentration, das heisst ich bin nur etwa 10% mich. So nehmen meine Klienten auch nur 10% von mir wahr, also bemerken sie nichts. Meine Arbeit selbst wird absolut überhaupt nicht beeinträchtigt. So von Dienstag weg spürte ich dann, dass ich wieder viel mehr wahrnahm. Ich wusste in den ersten Sekunden schon, was zu lösen anstand. Das Verrückte war, dass die Klienten mich teilweise spiegelten, das heisst, sie hatten Angst vor ihrer Entwicklung."

Joe: „Aber diese Angst hast du doch nicht!"

Christian: „Doch, im Unterbewusstsein schon. Im Kopf sicher nicht, aber der Kopf und das Ego bestimmen nicht das Leben. Ich wehrte mich als kleines Kind schon dagegen, meine Fähigkeiten auszuleben, weil mich ja niemand verstand. Bis ich meine Fähigkeiten dann abkapselte und zurückstellte. Also ist im Unterbewusstsein gespeichert, dass man mich bei jeder Steigerung meiner Fähigkeiten wieder nicht versteht, und dies löst eine Angst aus. Diese Angst wird dann in einem Reinigungsprozess mit sehr hohem Fieber verarbeitet. Wenn ich am Abend jeweils nach oben in die Wohnung ging, lief mir der Schweiss nur so aus dem Kopf heraus, der extrem kochte. So durfte dieser Prozess einfach Raum und Platz haben. Pro Nacht durchnässte ich jeweils sechs bis zwölf T-Shirts. Am Morgen konnte ich kaum mehr aufstehen vor Gliederschmerzen. Als ich am Donnerstagnachmittag mit der Arbeit fertig war, ging es noch weiter bis Freitagnacht.

Ich hatte in dieser Woche fast ausschliesslich neue Klienten. Und ich hatte qualitativ noch nie so gut gearbeitet! Ich erkannte und entfernte Krebsgeschwüre, von denen der Klient noch gar nichts wusste, denn der kam nur wegen starker Schmerzen im Rückenbereich. Bei einer Frau erkannte ich, dass sie einen noch unerfüllten Kinderwunsch hatte, dass sie aber kein Sexleben mehr führte, und das alles, weil im gleichen Alter bei ihren Eltern dasselbe passiert war. Ich sagte es ihr, und sie sah mich nur ganz erstaunt an und fragte mich, warum ich dies denn wisse. Ich konnte auch nicht sagen warum, aber ich wusste es. Als daraufhin auch ihr Vater kam, stellte ich fest, dass er homosexuell war und die Familie nur als Tarnung brauchte, um als Unternehmer gut dazustehen.

In einem anderen Fall bemerkte ich bei einem Kind, dass die Blockade beim Vater lag. Ich sprach ihn nach der Behandlung an, da er anwesend war. Ich sagte ihm, dass er mit zwei Jahren einen Schock erlitten habe, darum könne seine Tochter teilweise nicht sprechen. Er war erstaunt und bestätigte, dass er mit zwei Jahren in ein Krankenhaus gebracht worden war, um die Rachenmandel zu schneiden. Er wurde damals nur abgeliefert und nach der Operation wieder abgeholt. Es war für ihn ein Schock gewesen, zuerst nicht verstanden zu werden und dann ganz alleine in den Händen der Ärzte zu sein, ohne jemanden von der Familie dabei zu haben.

Bei einem anderen Mann bemerkte ich, dass er im Jahr 1992 eine grosse Wende erlebt und sich von sich selbst entfernt hatte. Er hatte enorme Rückenbeschwerden. Ich sprach ihn auf das Jahr 1992 an. Er dachte nach und sagte schliesslich, dass in diesem Jahr sein erstes Kind zur Welt gekommen sei. Sein eigener Vater sei nie für ihn da gewesen, darum hatte er sich vorgenommen, es anders zu machen. Ja, er hatte es anders gemacht, aber er hatte sich selbst dabei aufgegeben. Und so durfte er siebzehn Jahre später wieder zu sich zurück kommen. Weisst du, ich habe dies alles gesehen und gewusst, aber ich wollte es von ihm hören, damit es in sein Bewusstsein gelangen und das Problem auflösen konnte.

Bei einer Klientin bemerkte ich, dass sie unheimlich hellsichtig war. Noch bevor sie sich hinlegte, sagte ich ihr, dass sie genau ab diesem Zeitpunkt ihr Leben annehmen könne und endlich ihre Gaben leben solle. Ich spürte ihre Angst, diese Gaben zu leben. Sie weinte während der ganzen Sitzung, stand auf und ging ihren Weg, mit ihren Fähigkeiten.

Weisst du, Joe, ich habe all diese Dinge schon immer gespürt und gesehen, nur wurden sie immer deutlicher und kamen viel klarer durch. Durch dies kann ich immer besser auf den Klienten eingehen.

Ich habe diese Gaben nicht, um alles zu sagen, was ich sehe – das tue ich ja nicht. Aber ich habe die Gaben, die Geschenke von Gott, um die Klienten zu verstehen. Ich muss verstehen, wie eine Seele funktioniert, erst dann bin ich fähig, sie zu heilen. Genau aus diesem Grunde gibt es keine Schule, keine Ausbildung, wo man das lernen kann. Es gibt Ausbildungen, wo man eine Theorie, eine Therapieform erlernen kann, aber das heisst noch lange nicht, dass man damit heilen kann, oder höchstens auf der Körperebene, und die ist nichts Nachhaltiges."

Joe: „Wie ging dann nach deiner Krankheit, von der du vorhin erzählt hast, dein Entwicklungsprozess weiter?"

Christian: „Nun, am Montagabend kam meine Assistentin noch kurz in meine Wohnung, um nach mir zu sehen. Sie sah mich weinend am Tisch sitzen. Sie fragte mich, wieso ich weine. Ich gab ihr zur Antwort: 'Ich kann fast nicht mit dieser Klarheit umgehen, weil mich viele wieder nicht verstehen werden. Weisst du, die etwa 60-jährige Frau im blauen Kleid und mit der Brille hatte einen Tumor. Ich habe ihn entfernen können. Aber sie wird nie etwas davon erfahren, da sie sonst Angst hätte, wieder einen Tumor zu bekommen. Und ich sehe auf einmal alles noch viel klarer ... ich kann fast nicht damit umgehen. Meine Steigerungen hören nie auf. Das ist einerseits zwar wunderbar, aber es ist andererseits verdammt schwierig, mit all diesen wunderbaren Gaben umzugehen.'

Ja, dies ging dann noch die ganze Woche so weiter. Jeden Morgen mussten meine Assistentinnen eine Waschtrommel mit verschwitzen T-Shirts füllen, damit sie am Abend wieder zum Verschwitzen bereit lagen. Ich habe nebst der Arbeit nur geschlafen. Musste mich zwingen, überhaupt etwas zu essen. Am Samstag war dann der Prozess abgeschlossen. Ich ging wirklich durch die Hölle, das kann man sich kaum vorstellen.

Ich habe alleine in dieser Woche vier Kilo abgenommen."

Joe: „Was löst denn so ein Prozess aus, respektive: Warum kommt er überhaupt in Gang?"

Christian: „Ja, was ist es? Also bei mir sind es sicher die Schritte, die ich immer konsequenter nach vorne mache. Wenn ich etwas erkenne, ändere ich es. Früher ging das einfach viel langsamer. Ich wusste, dass ich einmal so arbeiten würde, doch musste ich zuerst dahin geführt werden. Bei meinen früheren Prozessen bekam ich zum Abschluss jeweils Werkzeuge in die Hand, um schneller und effizienter arbeiten zu können. Dann schickten die Kumpels mir auch gleich mehr Klienten. Habe ich das Geschenkte nicht gleich eingesetzt, sassen einfach unvorhergesehene Klienten im Warteraum, so dass ich einfach nicht anders konnte, als eine geschenkte Gabe einzusetzen und damit schneller zu arbeiten.

Bei den letzten Prozessen zum Beispiel gaben sie mir auch wieder höhere Schwingungen, damit ich effizienter arbeiten konnte. Und habe ich dann schneller gearbeitet, füllten sie mir die Warteliste auf, bis sie wieder auf zehn oder zwölf Monate hinaus voll war. Ich änderte meine Arbeit nochmals, passte alles an, stellte eine zweite Assistentin ein und setzte sie ins Büro. Die Warteliste konnte wieder gut abgearbeitet werden, jeder kam in einer nützlichen Frist von zwei oder drei Monaten an die Reihe. Ja, und das hörten, respektive sahen die lieben Kumpels aus dem Universum, und sie sandten mir die nächste Steigerung. Du siehst, ich bleibe nie und nimmer stehen – ich könnte das gar nicht. So arbeite ich heute in derselben Zeit, in der ich früher mit einem Klienten gearbeitet habe, mit deren vier. Dies alles, weil ich viel höher schwinge, besser und schneller wahrnehme und dementsprechend effizienter und schneller arbeiten kann. Das Spannende am Ganzen: Die Qualität der Behandlung wird für den Klienten immer besser. Ein Klient spürt nicht, wie lange eine Behandlung dauert."

Joe: „Uff, ich denke, das ist wieder mal genug für heute. Gehen wir doch zum gemütlichen Teil über."

Irgendwie ist der Tag so schnell vorübergegangen, aber ich habe unheimlich viel wissenswertes und fantastisches Material bekommen.

„So, Joe, spring auf festen Boden rüber in den Hafen von Rapperswil. Morgen treffen wir uns um zehn Uhr im Hafen von Lachen. Tschüss, und verarbeite das Ganze gut …" Mit diesen Worten setzt mich Christian wieder auf den Boden der Realität, auf die Hafenmauer von Rapperswil.

4. Kapitel

Donnerstag

Ich sitze im Hafen von Lachen. Die ganze Hafenanlage sieht sehr neu und modern aus. Irgendwie ist in allem eine grosse Harmonie. Christian gleitet mit seiner Indigo langsam und gemächlich in die wunderbare Hafenanlage und nimmt mich auf.

Joe: „Christian, der ganze Hafen sieht sehr neu aus – ist er erst gerade umgebaut worden?"

Christian: „Ja, Joe, und da sieht man einmal, dass Macht und Geld auch ihre guten Seiten haben können."

Joe: „Wie meinst du das?"

Christian: „Ein Grossindustrieller vom unteren Zürichsee investierte hier vor Jahren in ein Hotel. Er kaufte die benachbarten Grundstücke auch noch auf, bis ihm fast alle Grundstücke am Hafen gehörten. Dann plante er mit der Gemeinde zusammen einen grossen Umbau des ganzen Hafens. Mit seinen Grundstücken und seinen guten Ideen sowie der Zusammenarbeit mit der Gemeinde entstand schliesslich diese wunderbare Anlage. Es ist einmal mehr eine Bestätigung, dass Geld die Welt regiert. Und in diesem Falle kam etwas ganz Schönes raus dabei. Die ganze Hafengegend hat enorm profitiert und lockt viele Leute an.

Du siehst, es steht hier auch eine der schönsten Kirchen der Gegend, direkt am See. Hier regierte schon immer die Kirche die Gemeinde. Wer nicht dazugehörte, spürte es deutlich. Dies ist eine streng katholische Gegend. Leute mit Geld hatten da halt eben schon immer viel Einfluss. Ein Verwandter unserer Familie war hier einmal Pfarrer. Er war allerdings ein Pfarrer mit einer eigenen Meinung, und so wurde ihm recht schnell nahegelegt, das Dorf zu verlassen."

Joe: „Christian, bist du gläubig?"

Christian: „Ja, das bin ich. Ich glaube an Gott, und ich arbeite mit ihm. Aber Gott hat mit dem, was in den verschiedenen Religionen behauptet wird, sehr wenig zu tun. Religionen benutzen Gott als Instrument, um den Leuten Angst zu machen, indem sie ihnen einreden, sie seien keine guten Gläubigen, wenn sie die Vorgaben der Religion nicht befolgten. Sie sagen: Du musst Gott dienen, sonst wirst du bestraft. Ja, was wäre denn das für ein Gott, wenn es so wäre?

Fast alle Kriege, die auf dieser Welt geführt wurden und werden, sind Glaubenskriege – denkst du, das sei im Sinne Gottes? Die verschiedenen Religionen sind nur Instrumente der Macht und von Einfluss in der Gesellschaft. Die Leute werden, wurden von der Kirche abhängig gemacht. Ein reicher Mann konnte sich alles erlauben, durfte töten, missbrauchen und und und. Gab er der Kirche genug Geld, wurde er von allem freigesprochen. Denkst du, das ist im Sinne Gottes?

Aus diesem Grunde glaube ich nicht an eine Religion, sondern an Gott. Alles, was ich tue, kann ich nur mit Gott und seinen Kumpels machen."

Joe: „Was ist denn für dich Gott, Christian?"

Christian: „Ja, was ist Gott? Gott ist eigentlich alles: Alles ist göttlich, was sich auf der Erde und drum herum bewegt. Das Problem ist, dass viele Menschen Gott alleine für sich in Anspruch nehmen wollen, dürfen. Gott ist in diesem Sinne nicht eine Person, die fassbar ist, sondern Gott ist ein Gefühl, Schwingung, Emotionen, Gedanken oder was auch immer. Gott ist etwas, das uns führt: ein Teil unserer Seele, unser geistiger, seelischer Vater.

Er schuf vor über zweitausend Jahren einmal eine Person, die wir Menschen uns wünschten, Jesus. Dieser Jesus heilte Menschen und konnte Dinge tun, die sonst niemand konnte. Er wurde dazu geschaffen, die Menschen weiterzubringen. Er wollte die Menschen dazu bringen, an sich und ihren Weg zu glauben und diesen Weg auch zu beschreiben, ohne Wertung und Vorurteile. Er behandelte Arme und Reiche gleich, und genau das gefiel schlussendlich der Gesellschaft nicht. Er bewegte und bewirkte zu viel, so dass er schlussendlich verfolgt und getötet wurde. So hat jede Religion ihren eigenen Gott, respektive ihre eigene Figur, die sie anbetet. So hat Gott viele Namen und Gestalten, und jede Religion denkt, nur ihre Ansicht und Meinung sie die richtige. So wird Gott auch unterschiedlich ausgelegt und genutzt. Leider werden aber Menschen dazu verleitet, für diese vorgegebene Meinung und religiöse Einstellung zu kämpfen, gar zu töten. Das ist bestimmt nicht mehr im Sinne Gottes.

Wir sollten es am besten so handhaben, wie es zum Beispiel in unserem National-Circus Knie gehandhabt wird: Dort arbeiten viele verschiedene Leute aus der ganzen Welt zusammen. Es sind fast alle religiösen Ansichten und Glaubensformen vorhanden. Die Zirkusangestellten haben aber von der Direktion die Anweisung erhalten, im Zirkus nicht über religiöse Dinge und Glaubenssätze zu sprechen. Ja, würden alle es so handhaben, wäre viel mehr Frieden auf Erden, denn – ich muss mich wiederholen – die meisten Kriege auf dieser verrückten Welt sind seit jeher Glaubenskriege. Jede Religion nimmt sich das Recht heraus, ihre eigene Sicht als die einzig richtige Wahrheit anzusehen. So werden die Gläubigen denn auch sehr oft von ihrer religiösen Glaubenseinstellung abhängig gemacht. Unsichere Menschenseelen werden deshalb sehr oft in religiöse Gemeinschaften gezogen, weil sie hoffen, dort Halt zu finden. Doch gerade diese Menschen werden dann abhängig gemacht von ihrer Glaubenseinstellung.

Viele Kirchen und Freikirchen sind gegen die Esoteriker und Heiler. Sie sagen, dass wir die Menschen manipulieren. Doch es geschieht genau das Gegenteil: Die Menschen werden frei von Mustern, die ihnen einmal auferlegt wurden. Je freier sich eine Menschenseele in der Welt bewegen kann, desto mehr Selbstwert und Selbstsicherheit bekommt sie. Und das ist genau der Punkt: Erst dann können sich diese Menschen eine eigene Meinung über das Leben bilden. Eine freie Seele braucht keinen fremden Halt und keine Führung mehr ... was natürlich nicht allen passt. Genau genommen war Jesus der perfekte und vollkommenste Esoteriker und Heiler. Doch dies wird meist überhaupt nicht so gesehen. Jesus ist okay, sagen viele Leute, aber Esoteriker und Heiler ... Das haben wir natürlich auch vielen abgehobenen Esoterikern zu verdanken, die den Bezug zur Realität verloren haben und denken, sie seien Gott persönlich."

Joe: „Christian, wie arbeitest du denn mit Gott?"

Christian: „Hm, das ist, wie schon einmal erwähnt, sehr schwierig zu umschreiben. Ich arbeite mit dem Universum, der unbeschreiblichen göttlichen Energie. Es sind die Schwingungen, die Gefühle und Emotionen, die eine Seele mit sich trägt. Auf einer Seite arbeite ich mit der Seele des Klienten, auf der anderen Seite mit den Seelen der göttlichen Helfer. Ich nenne sie meine Kumpels. Ich bin ein Teil dieses grossen Gefüges.

Ich erkläre es dir an einem Beispiel: Jeder Mensch ist geführt. Führen die Helfer, Engel oder wie man ihnen sagen will, einen Klienten zu mir, beginnt teilweise der Heilungsprozess schon. Mit dem Willen, Hilfe zu holen, respektive bei der ersten Kontaktaufnahme stehen die Kumpels dem Klienten bereits tatkräftig zur Seite. Viele Klienten erzählten, dass bei ihnen nach der Anmeldung schon ein grosser Prozess in Gang kam. Sind sie dann bei mir in der Praxis, übernehme ich diesen Prozess und fungiere als Kanal auf der Wirbelsäulen-Seele. Die Bilder und die Informationen über die Ursachen dieser Blockaden oder Krankheiten bekomme ich ebenfalls von meinen Kumpels. Ich arbeite dann als Kanal draussen im Universum, wo es, wie gesagt, keine Zeit und kein Raumgefühl gibt. Meine Gedanken werden dieser irdischen Wirbelsäulen-Seele dann zusätzlich überbracht, wobei ich als irdischer Helfer, als Medium, fungiere.

Mit meiner Wahrnehmung, meinen Gedanken, bewege ich zum Beispiel Organe oder Wirbel wieder an den richtigen Ort, um den richtigen energetischen Körperfluss wieder herzustellen. Dies geschieht, ohne dass ich diesen Wirbel oder dieses Organ mechanisch bewege. Ich arbeite nur mental, mache alles nur auf der mentalen Ebene. Ist eine Bandscheibe verschoben, löse ich auf der seelischen Ebene die Blockaden respektive die Ängste.

Ich glaube, dass ich es dir schon mal erklärt habe, aber nochmals: Du musst dir vorstellen, dass ich sozusagen zwei Kanäle besitze.

Der erste Kanal ist mein eigener – das, was ich mit meinem Gespür, mit meinen Sinnen wahrnehme. Der zweite Kanal ist der göttliche, aus dem Universum, wo ich eben als Medium fungiere. Arbeite ich am Körper, ist Kanal 1 aktiv. Dann hinterfrage ich das, was ich sehe, mit meinem Röntgenblick. Mit diesem Hinterfragen, dem Fragen danach, warum etwas so ist, wie es ist, wird Kanal 2 aktiv.

Dieser bringt mir dann die Bilder und Geschehnisse, die zu dieser Blockade gehören, respektive Ursachen, die dazu geführt haben. Diese werden dann mit einem unheimlich hohen Tempo, wie in einem Traum, aufgelöst. Obwohl da sehr lange und sehr umfangreiche Geschichten über viele Vorfahren aufgelöst werden, geschieht dies alles innert Sekunden.

Im Kanal 2 gibt es, wie erwähnt, kein Raum- und Zeitgefühl. Dies ermöglicht ein unheimlich schnelles Arbeiten und Verarbeiten. Hinter jeder Auflösung steckt eine Situation – dazu wird anschliessend ein positives Signal ausgesendet, dieses wird dann von der Wirbelsäulen-Seele aufgenommen.

Mit diesem Vorgang sendet die Wirbelsäulen-Seele dem Körper neue Signale. Durch diese Signale entlastet, entspannt sich der Körper. In dieser Zeit sind ja meine Hände bereits aktiv am Heilen. Sie lösen die Verspannungen in der Muskulatur.

Sobald die Entspannung wirkt, bekommt der Muskel eine andere Schwingung. Diese Schwingung ermöglicht wiederum, dass die Körperenergien, die jeder Mensch hat, wieder frei fliessen können. Auf diese Weise mache ich dann auf der ganzen Wirbelsäule, am ganzen Körper weiter. Schwingt der Körper schliesslich auf der ganzen Länge der Wirbelsäule mit der gleichen Schwingung, fliessen auch die Selbstheilungskräfte, die eigenen Energien, wieder frei. Und der Körper darf gesunden.

Bei einem Bandscheibenvorfall zum Beispiel schiebe ich dann in Gedanken die Bandscheibe an die richtige Stelle. Sobald dieser Prozess dann auf allen Ebenen abgeschlossen ist, schiebt sich die Bandscheibe von alleine an diese Stelle zurück."

Joe: „Und wie lange dauert dieser Prozess, wann wird der Klient wieder schmerzfrei?"

Christian: „Das ist sehr unterschiedlich. Es kann bereits nach einer Sitzung der Fall sein. Also im besten Fall sofort, oder wenige Tage danach. Muss aber der Klient noch verschiedene Prozesse durchlaufen, sein Leben neu organisieren, damit derselbe Vorfall nicht nochmals geschehen kann, dann kann es mehrere Wochen, sogar Monate dauern. Wenn der Klient bereits nach der ersten Sitzung schmerzfrei ist, kann es hingegen sein, dass er weitere Blockaden nicht mehr lösen will. Er würde dann bestimmt Monate später wieder kommen.

Ich hatte mal einen Klienten, der zuerst seine ganze Firma umorganisieren musste. Dies dauerte mehrere Monate. Da war noch ein sehr kleiner Eingriff nötig seitens der Schulmedizin. Dann wurde der Klient völlig schmerzfrei. Er sagte nur beim letzten Besuch: 'Hätten

Sie mir dies von Anfang an gesagt, hätte ich die Veränderungen nicht in Angriff genommen, hätte ich nicht mein ganzes Unternehmen neu organisiert. So habe ich es aus eigenem Antrieb einfach aus dem Bauch heraus gemacht, und ich bin heute sehr glücklich darüber. Ich dachte immer, ich müsste mich abrackern für meine Firma, wie es mein Vater tat. Heute bin ich nur noch Verwaltungsratspräsident, gesund und vollkommen glücklich. Ich danke Ihnen für Ihre Geduld und Ihren Mut, dass Sie nie ein Blatt vor den Mund genommen haben und mich manchmal zurechtgewiesen haben.' Er strahlte vor Glück und Zufriedenheit.

Joe: „Aber wie ist das, wenn zum Beispiel ein Organ nicht mehr richtig arbeitet?"

Christian: „Genau gleich. Ich nehme über die Wirbelsäulen-Seele und über das Nervensystem mit dem Organ Kontakt auf. Es werden in genau derselben Weise über den zweiten Kanal die Ursachen und Blockaden aufgelöst. Es sind dann vielleicht andere Geschichten und Hintergründe, aber das Vorgehen ist dasselbe."

Joe: „Christian, woher hast du all dieses Wissen? Wer hat dich geschult, wer hat dir das alles beigebracht?"

Christian „Niemand!"

Joe: „Christian, du willst mir doch nicht sagen, dass du ohne eine spezifische Ausbildung zu all deinen Fähigkeiten gekommen bist?"

Christian: „Doch, in gewissem Sinne schon. Alles, was ich in meiner Arbeit mache, besteht zu 90 % aus Vertrauen und nur zu 10 % aus Erfahrung."

Joe: „Ich vertraue dem Leben auch, aber ich kann keine Menschen heilen. Das nehme ich dir nicht einfach so ab. Sag mir den Namen deines Lehrmeisters!" Uff, ich merke, dass ich ganz energisch werde. „Es kann doch nicht sein, dass du, Christian Frautschi, nicht ein einziges Buch gelesen hast, nicht eine einzige Ausbildung besucht hast, dass du niemals einen Meister hattest, der dir all dieses Wissen beigebracht hat!"

Christian lacht nur schelmisch ... „Doch, lieber Joe! Glaub es mir einfach. Ich bin Legastheniker und kann keine Bücher lesen! Ich war Automechaniker, Unternehmer und Manager. Ich habe diesen Hokuspokus nie ernst nehmen können, wenn sich jemand als Heiler betitelte.

An dem Tag aber, an dem ich selbst in die universelle Umlaufbahn geknallt wurde, war alles von einer Sekunde auf die andere da. Fred, der mir damals die Hände öffnete, wusste auf meine Fragen nach wenigen Wochen keine Antworten mehr. Ich war einfach nur noch auf mich und mein Selbst gestellt. Niemanden, aber gar niemanden konnte ich fragen! Ich hatte den Mut, die Fragen an meine Kumpels zu richten, und siehe da, es kamen jeweils Antworten. So habe ich alles, aber wirklich alles gelernt. Ich bin ein sehr wissbegieriger Mensch. Schon als kleiner Junge hinterfragte ich alles und liess eine Antwort nicht einfach stehen. Okay, ich wurde dann in der Kindheit mundtot gemacht, aber nach meinem Knall ins Universum hielt ich mich nicht mehr zurück.

Ich setzte mich am 17. Februar 2003 hin und fing an, ein Buch zu schreiben. Ich wusste eigentlich nicht, was ich über die Wirbelsäulen-Seele schreiben sollte, aber ich schrieb. Es kam einfach. Ich sass über Monate dahinter und wusste nicht immer, was ich schrieb, respektive: Ich begriff es erst, als ich es selbst zum ersten Mal las. Ich war immer geführt worden, die richtigen Worte zu schreiben, das Richtige zu fragen. Du kannst mich etwas fragen, und ich gebe dir Antwort, ohne die Antwort vorher selbst gekannt zu haben. Und eben das Wichtigste daran: Ich vertraue auf das, was von meinen Kumpels kommt! Ich vertraue auf mein Tun, ich vertraue mir, das Richtige zu tun und richtig zu handeln. Ich habe das Ganze nie hinterfragt, oder ... fast nie.

Ich erlebte mit meinem ersten Klienten unheimliche Dinge, die ich selbst nicht glauben konnte. Auf dem Weg zu diesem ersten Klienten herrschte grosses Verkehrsaufkommen, es wurden etliche Staus auf meiner Strecke gemeldet. Doch es hatte keinen Stau, als ich an den erwähnten Stellen vorbeifuhr, und dies am Freitagnachmittag! Als ich die Stellen passiert hatte, waren die Staus wieder da. Alle Verkehrsampeln standen auf grün, auf einer Strecke von 250 Kilometern.

Ich musste zehnmal anhalten und Wasser lösen, obwohl ich fast nichts getrunken hatte. Der Klient hatte Nierenversagen. Ich kam hin, arbeitete, sah, wie seine Seele schon aus dem Körper wollte ... Sie kam wieder zurück, und der Klient stand auf und ging auf die Toilette, um Wasser zu lösen, obwohl er dies seit Wochen nicht mehr hatte tun können.

Ich bekam die Bilder, wie es dazu gekommen war ... es war ein Schock, dass seine Nieren nicht mehr arbeiten wollten ... Ich beschrieb die Bilder der Schwester des Klienten: Es hatte seinerzeit alles in einer Küche stattgefunden. Ich sah die ganze Familie in dieser Küche versammelt ... der Vater brachte, unter Androhung von Waffengewalt, alle zum Schweigen. Mein Klient war von seinem Onkel sexuell missbraucht worden, und das wurde unter den Tisch gewischt, eben unter Androhung von Waffengewalt.

Die Schwester führte mich dann in diese besagte Küche, und es stimmte alles. Die Küche sah genauso aus wie in den Bildern, die ich erhalten hatte. Auch das Zimmer, das ich gesehen hatte, war gleich nebenan. Mein Klient schlief immer noch in diesem Zimmer ...

Anschliessend fuhr ich nach Hause. Ich fuhr um 18 Uhr los und hätte um 19 Uhr zuhause sein sollen. Und ich war um 19 Uhr zuhause! Und das trotz einer Strecke von 250 Kilometern! Ja, das war mein erster Klient. Hätte ich dies jemandem erzählt, hätte der nur gelacht ... Ich selbst konnte es einfach nur so hinnehmen, versuchte es gelassen zu nehmen und mir nicht länger Gedanken darüber zu machen. Es gelang mir bis heute fast immer ... So ging ich fortan meinen Weg. Sehr oft halt eben verdammt einsam, weil ich meine Erlebnisse und Erfahrungen niemandem erzählen konnte. Manchmal erhielt ich von jemandem ein Buch eines Heilers, oder jemand erzählte mir von Heilern, die über ähnliche Fähigkeiten verfügten wie ich. Diese Bücher, die über die Arbeit bekannter Heiler berichteten, bestätigten mir dann mein Tun. Es tat mir jeweils gut zu wissen, dass ich nicht der einzige auf dieser wunderbaren Erdkugel bin, der solches erlebt und so arbeitet."

Joe: „Hast du immer mit der gleichen Methode gearbeitet?"

Christian: „Ich habe keine Methode, ich habe nur Hilfsmittel. Ich arbeite, wenn immer es geht, direkt an der Wirbelsäule. Der Klient liegt dabei auf dem Bauch. Er hat dabei auch das Gefühl, dass er etwas geschützter ist. Früher behandelte ich meine Klienten auch vorne, bis ich merkte, dass sie sich besser fallen lassen können, wenn ich an ihrer Wirbelsäule arbeite. Es ist ja auch wichtig, dass es dem Klienten wohl ist, und so bevorzuge ich heute die Bauchlage. In 95% aller Fälle ist dies auch möglich.

Mit der Zeit spürte ich auf der Wirbelsäule und im Kreuz immer mehr. Ich begann die Schwingungen viel besser wahrzunehmen. Durch die Erfahrung fiel mir auf, dass sich die ganze Wirbelsäule anpasste, wenn sich etwas im Kreuz löste. So beginne ich in der Regel immer mit dem Kreuz und dem Steissbein. Dabei bekomme ich dann die Bilder von den Vorfahren des Klienten. Also sitzt im Becken, im Kreuz und im Steissbein die ganze Ahnentafel von Vorfahren mit all ihren Mustern und Blockaden. Da wir von unseren Vorfahren sehr viele Muster und Lebensformen in der Wirbelsäulen-Seele annehmen, macht es Sinn, immer zuerst dort aufzuräumen.

Werden die Blockaden dort gelöst, entsteht eine viel harmonischere Schwingung. Diese Schwingung kann dann Schritt um Schritt durch die ganze Wirbelsäule hochgezogen werden. So bleibe ich heute mit der rechten Hand immer auf dem Kreuz, die linke Hand bewegt sich dann auf dem ganzen Körper langsam bis zum Kopf hoch. Da das Nervensystem diese Schwingung bis zu den einzelnen Organen ausbreitet, wird auch jedes Organ mit einbezogen, da die Nervenbahn immer von der Wirbelsäule ausgeht. Ja, es ist ein sehr langer Weg gewesen, um vollends auf eine effiziente Behandlungsweise zu kommen.

Mir fiel dies auch nicht immer auf, da ich mich eben immer intuitiv führen liess. Durch die Führung kam ich Schritt um Schritt vorwärts. Ich bekam dann immer wieder Hilfsmittel, damit ich einen bestimmten Prozess einfacher handhaben konnte. Nach einem meiner verrückten Prozesse an mir selbst bekam ich zum Schluss, nach einer Woche mit sehr hohem Fieber, eine Behandlungsmethode, mit der ich nur noch auf der Wirbelsäule arbeiten musste."

Joe: „Und was ist das für eine Methode?"

Christian: „Wie gesagt, ich habe bei den Behandlungen immer den ganzen Körper mit einbezogen. Ich ging Muskel um Muskel, Organ um Organ durch den ganzen Körper. Doch dann sagten meine Kumpels mir eben, ich solle dem Klienten in Gedanken eine grosse Folie auf den Körper legen. Ich könne dann über diese Folie alles direkt auf der Wirbelsäule selbst erledigen, es würden dann die ganzen Bewegungen auf den ganzen Körper übertragen.

Du musst dir das so vorstellen: Du hast bestimmt schon solch aufblasbare Figuren gesehen, die manchmal an Skirennen oder an Messen zu Werbezwecken aufgestellt werden. Da wird von unten Luft hineingeblasen, und die Figur richtet sich auf und bewegt sich so elegant, frei stehend. Geht die Luft raus, sackt alles wieder zusammen. Ja, und so packe ich die Klienten in Gedanken in solch eine Folie, in einen Schlauch, und kann so den ganzen Körper sehr locker und einfach bewegen. Jeder Muskel wird auf diese Weise bewegt und gelockert.

In Gedanken fülle ich dann diesen Schlauch noch mit Energie, mit Licht, dass auch so der ganze Körper in den Heilkräften mit drin ist. Ja, und so muss ich sehr selten die Wirbelsäule mit den Händen verlassen und kann viel schneller arbeiten. Dabei kann ich mich auch noch viel tiefer konzentrieren, was auch wiederum mehr auslöst. Als ich dieses Hilfsmittel geschenkt bekam, sagten die Kumpels aus dem Universum noch: 'Du brauchst diese Methode, denn du wirst pro Klienten nie mehr so viel Zeit haben. Du musst schneller arbeiten, es werden noch viel mehr Klienten kommen. Du wirst mit jedem Klienten nur noch zehn bis zwanzig Minuten arbeiten können.'

Ich wollte diese Methode dann aber noch nicht gleich anwenden – warum, weiss ich eigentlich auch nicht. Also, eigentlich schon, doch: Ich wollte nicht nach zehn Minuten schon wieder aufstehen und zum nächsten Klienten gehen, denn kurze Zeit vorher hatte ich mir noch vierzig bis fünfzig Minuten Zeit für jeden Klienten genommen. Es erschien mir schon alles etwas allzu krass."

Joe: „Ab wann hast du diese neue Methode dann angewendet?"

Christian: „Von da an, wo mir die Kumpels immer mehr Klienten schickten und auch Termine aus der Agenda, aus dem Computersystem strichen und wir schlussendlich zwei Klienten hatten für eine Sitzung. Ja, da konnte ich nicht mehr anders, denn ich konnte die Klienten nicht nach Hause schicken, denn sie kamen ja aus der ganzen Welt, mit zum Teil sehr langen Anfahrtswegen oder gar Flugreisen."

Joe: „Aber wie können dir deine Kumpels Termine aus der Agenda löschen? Du hast doch gesagt, dass alle Termine auf einem externen Server gesichert sind!?"

Christian: „Ja, dem ist so. Aber ich kann es dir auch nicht beantworten, da musst du schon meine Kumpels fragen. Es geschehen halt manchmal Dinge bei meiner Arbeit, die nicht zu erklären sind. Und als es dann mehrmals vorkam, wandte ich die neue Methode an, schaute nie mehr auf die Uhr, und es ging. Fortan bekam ich noch mehr Klienten und konnte gar nicht mehr anders arbeiten. Ich bekam natürlich in den letzten Jahren, auch je mehr Klienten ich unter den Händen hatte, immer mehr neue Methoden geschenkt. Sobald ich sie dann anwandte, sie zum normalen Ablauf gehörten, vergass ich sie wieder, da sie automatisch immer integriert waren."

Joe: „Geschieht diese Entwicklung mit jedem Heiler?"

Christian: „Das kann ich dir so nicht beantworten. Ich weiss nicht viel über andere Heiler. Man darf aber auch sagen, dass nicht jeder Heiler bereit ist oder das Bestreben hat, immer so ununterbrochen vorwärts zu gehen. Ohne stetige Arbeit an sich selbst geht es ganz bestimmt nicht vorwärts, da bleibt man stehen. Bleibt ein Heiler stehen, bleibt auch seine Klientel stehen. Es gibt natürlich auch Heiler, die hinstehen und sagen: Einige Minuten genügen – ohne dass sie effektiv einen Schritt vorwärts gemacht hätten. Aber, Joe, ich möchte hier nicht von anderen Heilern sprechen, es ist wirklich jeder für sein Tun selbst verantwortlich …"

Joe: „Christian, genug für heute … lass uns morgen weitermachen …"

Christian setzt mich im wunderbaren und schönen Hafen von Lachen wieder an Land. Ich habe nur noch einen Wunsch: Ruhe, Stille, ein warmes Bett und eine Decke, die ich mir über die Ohren ziehen kann …. Als ich auf dem Steg davonlaufe, ruft mir Christian noch nach: „Morgen um zehn Uhr bei der Autofähre Horgen!"

5. Kapitel

Freitag

Es ist Freitag. Noch halb im Schlaf suche ich den Steg der Autofähre in Horgen auf. Da kommt sie schon, die Indigo, mit einem fröhlichen und lachenden Christian. Er kommt immer mit seiner typischen Geste vom See her auf mich zu, mit der linken Hand das Victory-Zeichen zeigend. Noch ganz von der Nacht gezeichnet besteige ich sein Boot.

Christian: „So, Joe, hast du gut geschlafen? Oder hättest du am liebsten die Zeit anhalten wollen, damit du noch eine Runde hättest liegen bleiben können?" Er lacht schallend … er kann einen manchmal so auf die Schippe nehmen, dass man gar nicht anders kann, als auch zu lachen …

Joe: „Christian, ich muss es einfach immer wieder sagen, du bist und bleibst einfach ein verrückter Hund. Hätte ich gewusst, dass mich diese Reise mit dir so herausfordert, dass ich sogar nachts noch davon träume, wäre ich lieber zu Hause geblieben und hätte in Ruhe eine friedliche Woche verbracht."

Christian lacht: „Ja, wenn ich gewusst hätte, was sich in meinem Leben noch so alles ereignet, hätte ich mir bei der Geburt noch mehr Mühe gegeben, mich mit der Nabelschnur umzubringen. Ich ahnte es zwar wohl, doch dass es so kommen würde, wusste ich auch nicht. Aber weisst du was? Es war mir noch fast nie langweilig in meinem Leben!"

Wir fahren los auf den wunderbaren Zürichsee. All die verrückten Geschichten, die mir dieser komische Kauz und Wirbelsäulen-Flüsterer da erzählt hat, haben mich vergessen lassen, dass ich eigentlich sehr schnell seekrank werde ... Ach, da hat er sicher auch wieder die Finger im Spiel gehabt, dass ich es nicht geworden bin ... So gerne wüsste ich, ob er nicht doch Gedanken lesen kann ...

Joe: „Christian, ich habe eine ganz wichtige Frage fast vergessen: Wieso trägst du immer rote Schuhe? Ich habe noch nie andere Schuhe an dir gesehen, und auch in deiner Wohnung hattest du nur eine Farbe im Regal, rot."

Christian lacht: „Ja, das wollen viele wissen. Wenn ich ehrlich bin, kann ich es dir nicht sagen. Es ist einfach ein saugutes Gefühl, das ich habe, wenn rote Schuhe meine Füsse zieren. Vor etwa sechs Jahren hatte ich mal rote Turnschuhe, die fühlten sich an meinen Füssen immer gut an. Ja, irgendwie schritt ich in ihnen ganz anders über die Erdoberfläche. Und so kam ein zweites Paar dahergelaufen. Allmählich gesellten sich auch rote Sneakers dazu. Es kamen dann zu meiner grossen Freude etliche Hersteller mit roten Schuhen auf den Markt. Passte ein Schuh, kaufte ich gleich noch ein zweites Paar dazu, da rote Schuhe sehr heikel sind. Doch dann war die rote Schuhmode für Männer wieder vorbei, und ich pflegte sämtliche roten Schuhe alle zwei Wochen. Ausbreiten auf dem Küchentisch war angesagt, schön reinigen und immer neu einfetten. Die passende rote Schuhwichse gibt es nicht, da jedes Rot anders ist.

Mit der Zeit geriet ich in Schuhnotstand, da auch alle andersfarbigen Schuhe bereits entsorgt waren. So musste ich mir etwas einfallen lassen. Ein Zeitungsbericht über einen der letzten Massschuh-Hersteller in der Schweiz brachte mir die Erlösung. An meinem 49. Geburtstag bestellte ich dann meinen ersten roten Massschuh bei Huwyler in Birmensdorf. Es war eine sehr schöne Zeremonie, den Fuss zu vermessen, das richtige rote Ledermuster auszusuchen, die Form und den Stil des Schuhs zu bestimmen. Meine persönliche Schuhleiste wurde hergestellt, und zwei Monate später durfte dieser edle Fussüberzug mit mir durch die schöne weite Welt schreiten. Und so war ich es mir wert, wie ein rotgestiefelter Kater leichtfüssig durch die Welt zu springen, die ja im Jahr 2012 untergehen soll."

Joe: „Ach ja, auch diese Frage ging fast im Zürichsee unter – was hat es an sich mit dem Jahr 2012?"

Christian schmunzelt: „Ja, es gibt viele so abgehobene Besserwisser, die behaupten, dass die Erdschwingung sich im Jahr 2012 erhöhen werde – es soll ein neues Zeitalter beginnen. Joe, das ist alles Schrott, dummes Geplauder. Die, die das erzählen oder Bücher drüber schreiben, stehen nicht wirklich im Leben, nicht wirklich auf dieser Erde. Die Erdschwingung hat sich schon lange zu erhöhen begonnen. In den letzten Jahren, seit etwa dem Jahr 2007, ganz extrem. Dies ist auch ein Grund, warum ein Teil der Weltstruktur – wie zum Beispiel die Finanzwelt – zusammengebrochen ist. Es findet eine grosse Reinigung statt. Die Machtgelüste verschiedener Menschen und Unternehmen, die mit Macht, ungerechtfertigter Bereicherung und organisiertem Diebstahl gross geworden sind, haben sehr viel an Wert und Kapital vernichtet."

Joe: „Von welchen Menschen und Unternehmen sprichst du jetzt?"

Christian: „Nächste Frage, Herr Black, ich begebe mich mit meinen Aussagen nicht gerne aufs Glatteis. Ich will ja künftig immer noch mich sein und meine restliche Lebenszeit nicht hinter schwedischen Gardinen verbringen. Nach dem Motto 'Schuster, bleib bei deinen Leisten' überlasse ich diese Antwort jenen, die wissen, wie man seine Meinung rechtlich abgesichert äussert."

Joe: „Okay, Christian, kommen wir wieder auf deine Arbeit zurück, ich möchte ja vielleicht im nächsten Sommer wieder ein Buch über dich schreiben."

Christian: „Meinst du, es kommt nochmals dazu? Vielleicht habe ich ja nächstes Jahr ein voll mega krasses, tolles, liebes, nettes weibliches Wesen an Bord. Ja, und wer würde dann noch ans Schreiben eines Buches denken? Komm, Joe Black, nutze die Zeit und komm zur nächsten Frage."

Ach, dieses verschmitzte Lachen von Christian. Von Herzen wünsche ich ihm, dass er nächsten Sommer nicht alleine auf diesem schönen Boot sitzen muss. Doch für mich wäre es schon cooler, wehn ich an Bord wäre ... Ups, so hoffe ich gerade jetzt, dass er keine Gedanken lesen kann ...

Joe: „Christian, du hast gestern gesagt, dass bei deiner Arbeit 90% Vertrauen sind und 10% Erfahrung. Ich habe das nicht ganz verstanden – wie hast du das gemeint? Kannst du mir das nochmals erklären?"

Christian: „Also, früher steuerte ich noch mehr mit meinem Geiste, mit dem ersten Kanal, mit meinen Sinnen wahrnehmend. Die Energie für den Heilungsprozess hatte ich ja in den Händen. Je mehr Klienten ich hatte, je mehr Erfahrungen ich machen durfte, desto mehr vertraute ich meinen Kumpels. Je mehr ich vertraute, desto mehr konnte ich im Aussen, auf Kanal 2, im Universum arbeiten.

Da es im Universum kein Raum- und Zeitgefühl gibt, konnte ich die Zeit effizienter nutzen. Also, früher waren es vielleicht 30% Vertrauen ins Universum, 30% Erfahrung und 40% Glauben an die heilenden Hände. Und so konnte ich immer mehr vertrauen. Das Wissen, dass meine Hände das Richtige machen, liess das Vertrauen der Erfahrung zugute kommen. Durch geschenkte Technik von den Kumpels durfte ich auch mit den Händen immer effizienter arbeiten. All dies erhöhte auch meine Eigenschwingung. Wenn ich immer höher schwinge, das heisst, wenn sich auch bei mir immer mehr Blockaden lösen, profitiert der Klient. Wenn ich früher eine Eigenschwingung von schätzungsweise hundert Hertz hatte, sind es heute vielleicht tausend Hertz. Also kann ich so in der gleichen Zeit zehnmal mehr erreichen. Zudem komme ich auch immer wieder in höhere Schwingungen im Universum, was auch da immer höhere Kanäle sich öffnen lässt."

Joe: „Wie kannst du denn deine eigenen Blockaden lösen? Hast du denn überhaupt welche?"

Christian: „Ja, sehr wohl habe ich Blockaden und Ängste, die auch mich beeinträchtigen. Das ist in Ordnung so, denn wir können ja nicht vollkommen sein. Wir müssen ja auch das Negative haben, damit wir das Positive schätzen lernen und es auch nutzen können. Ich habe fast niemanden, mit dem ich arbeiten kann respektive der mit mir arbeitet.

Im Unterschied zu den Blockaden meiner Klienten liegen meine eigenen Blockaden und Ängste viel weiter zurück. Die sind dann halt teilweise tausend Jahre alt oder noch mehr. Sicher kann ein Therapeut mit mir arbeiten, nur geschieht es nicht ganz gleich wie bei meinen Klienten. Ein Therapeut findet zum Beispiel ein Thema, eine Angst, und aktiviert diese Angst. Durch diese Aktivierung bekomme ich dann teilweise

Informationen oder Bilder von Geschehnissen, die zu dieser Blockade geführt haben. Ich hinterfrage dann, mit mir alleine, diese Dinge, und bitte meine Kumpels, mir den Weg zur Heilung zu zeigen. Oder ich gehe wieder einmal zu Daniela Rupp, der Schamanin, die dann an die Ursachen herankommt.

Sehr oft aber bekomme ich Klienten, die gleiche Ängste und Blockaden haben. Meist ist es dann so, dass zehn bis zwanzig Klienten unabhängig voneinander ein bestimmtes Muster aufweisen. Du musst dir das so vorstellen: Wenn ich dasselbe Muster zehn bis zwanzig Mal hintereinander sehe, löst dies in mir selbst dieses Muster auch aus, und so kann ich es dann auch verarbeiten, wenn es sich gezeigt hat. Wenn ich ein Muster, eine Ursache, erkannt habe, ist es nicht mehr so schwer, dies auch für mich selbst zu lösen. Meist zeigt es dann bei mir meine Schwachstelle auf, meine Lunge und meine Bronchien. Es setzt dann bei mir wie bei meinen Klienten ein Prozess ein, dem ich nicht mehr ausweichen kann. Ich bin gerade daran, einen Prozess abzuschliessen, dessen Ursache über tausendfünfhundert Jahre zurückliegt."

Joe: „Wieso weisst du das?"

Christian: „Ich war am 12. September 2008 bei Daniela Rupp, weil es mir immer wieder den Brustkorb zusammenzog. Ich erstickte teilweise fast dabei. Daniela sah Bilder, dass ich vor mehr als tausendfünfhundert Jahren schon einmal als Heiler zur Welt gekommen war. Ich heilte damals scheinbar schon, als ich noch in der Wiege lag. Meine damaligen Eltern waren sehr arm. Im Dorf wurde man dann auf mich aufmerksam, und ein Königshaus kaufte mich meinen Eltern ab … Ich wurde zur Attraktion dieses Königshauses.

Wenn im Kreise der Königsfamilie oder deren Freunde jemand krank wurde, kamen diese Kranken zu mir und wurden geheilt. Man setzte mich auf einen Sessel. Dort musste ich dann, auch als Attraktion, in der besseren Gesellschaft verweilen. Je älter ich wurde, je höher ich schwang, desto mehr wurde mir das bewusst. Ich wollte von dort fliehen. Was mir jedoch nicht gelang. Man setzte mich dann auf einen Stuhl und legte mir ein goldenes Schild um, das hinten am Stuhl befestigt wurde. Je mehr ich mich wehren wollte, desto mehr wurde ich festgeschnürt. Dies zog mir dann immer mehr, wie in einem Korsett, den ganzen Brustkorb zusammen. Und je mehr ich zum normalen Fussvolk gehören wollte, desto stärker wurde der Wunsch, abzuhauen. Als sie keine Möglichkeit mehr fanden, mich festzuhalten, wurde ich so fest zugeschnürt, dass ich schlussendlich erstickte. Diese Geschichte führte dann zu einer sehr starken Angst und Prägung.

In meinem jetzigen Leben wurde ich auch in arme Verhältnisse geboren. Meine Eltern wollten mich nicht, ich war unerwünscht. Sie hatten eigentlich kein Geld, um nebst den anderen drei Geschwistern noch ein weiteres Maul zu stopfen. Dies liess man mich immer und immer wieder spüren, ohne dass es meine Eltern böse gemeint hätten. Ja, und dann sagte ich auch immer noch Dinge, die eigentlich niemand wissen konnte ... ich fragte und hinterfragte alles immer und immer wieder. Ich rebellierte auch immer wieder, weil mir viele Missstände auffielen. Ich war sehr unangenehm für viele. Ja, und so wurde ich mundtot gemacht. Ich getraute mich gar nicht mehr, mich zu sein, zu sagen, was ich dachte. So wurden aber auch meine Fähigkeiten unterdrückt.

Wurde ich später immer mehr wieder mich, hatte ich immer mehr Probleme mit meinem Brustkorb. Wenn, ohne dass ich es wusste, wieder ein weiterer Entwicklungsschritt von meinen Kumpels angesagt war, schnürte es mir den Brustkorb zu. Denn es kam dann die Erinnerung hoch: Wenn du deine Fähigkeiten lebst, kann dir wieder dasselbe passieren wie damals.

Ich ging aber immer und immer wieder meinen Weg. Als ich dann mit dreiundzwanzig Jahren selbständig wurde, hatte ich in meiner eigenen Firma die Möglichkeit, mich selbst zu sein. Als dann aber im Jahr 1999 meine Fähigkeiten auf einen Schlag aktiv wurden, konnte ich mich nicht mehr dagegen wehren, sie auszuüben. Je höher ich aber in meinem Tun aufstieg, je stärker meine Fähigkeiten sich entwickelten, desto mehr zog es mir den Brustkorb zusammen, ohne dass ich etwas dagegen tun konnte. Ja, dann wurde mir klar, wann das Ganze sich bemerkbar machte. Ja, es war immer dann, wenn wieder ein Entwicklungsschritt angesagt war. So konnte ich nur einfach immer mehr darauf vertrauen, dass mir das, was vor mehr als tausendfünfhundert Jahren geschehen war, nicht nochmals passieren würde."

Joe: „Das ist ja eine verrückte Geschichte! Irgendwie sollte man doch meinen, dass genau du, der du so vielen Menschen helfen kannst, eigentlich gesund sein solltest!"

Christian: „Ja, das ist schon so. Ausser mit meinen Bronchien, die sich gelegentlich bemerkbar machen, habe ich allerdings auch keine Probleme."

Joe: „Zieht es dir den Brustkorb denn jetzt nicht mehr zusammen?"

Christian: „Nur noch selten. Der Prozess ist bald abgeschlossen!"

Joe: „ Was heisst da bald …?"

Christian: „Ja, ich darf halt noch verschiedene Dinge erleben, bis es soweit ist. Das letzte Erlebnis liegt erst wenige Wochen zurück.

Ich habe über eine Zeit von zwei Jahren mit einem kleinen Jungen gearbeitet. Er hatte immer wieder Metastasen in seinem Körper. Ich durfte sie immer wieder entfernen und auflösen. Vor einer gewissen Zeit kam er mit einer Lungenentzündung. Sie wollte nicht verheilen. Dann wurde festgestellt, dass er die ganzen Lungen voller Metastasen hatte. Er wurde immer schwächer und konnte nicht mehr in die Praxis kommen. Ich wusste, dass diese Sache auch mir in meinem eigenen Prozess etwas aufzeigen wollte. So ging ich über Wochen jeden Abend zu ihm und arbeitete mit ihm. Ich wusste leider, dass er von uns gehen würde, weil es die Erfüllung seiner Seele war.

Bei mir lief ein ebenso unheimlicher Prozess ab. Ich erlebte jede seiner Einengungen über meinen eigenen Körper. Ich erwachte jeweils nachts, wenn er Atemnot hatte. Ich hatte dieselbe Atemnot und half ihm, wieder da raus zu kommen. Ich hatte Nacht für Nacht enorme Ängste, wie ich sie auch damals gehabt hatte. Am Morgen lag ich jeweils schweissgebadet und völlig verkrampft im Bett – oft hatte ich überhaupt nicht schlafen können. Das Ziel war, dass der Junge wenigstens friedlich einschlafen konnte, ohne zu ersticken. Und, ja, schlussendlich konnte er dann auch friedlich einschlafen und von uns gehen. Wir hatten es geschafft, dass er nicht erstickte ..."

Joe: „Christian, wie hältst du dies nur aus, ein Kind so in den Tod zu begleiten? Wie kannst du das verkraften?"

Christian: „Ja, du siehst, es hat immer verschiedene Aspekte. Ich konnte das, was geschehen war, nur meiner besten Freundin erzählen. Nicht mal meine beiden Assistentinnen wussten, was gerade Sache war. Ich sah den Jungen bis zur letzten Sekunde lebend und gesund. Das war das grösste Geschenk, das ich ihm machen konnte, nebst dem, was sonst noch sein durfte. Er hat die Erfüllung seiner Seele gefunden. Ich durchlebte meinerseits nochmals meinen Tod von damals und konnte diese Problematik vollends auflösen, indem wir es schafften, dass der Junge nicht erstickte."

Joe: „Erlebst du viele solche Geschichten mit Klienten?"

Christian: „Nein, zwar eigentlich schon, aber nur während der Sitzung. Nach der Behandlung ist jeweils immer alles abgeschlossen. Ja, es ist schon verdammt hart, ein Kind so sterben zu sehen und auch zu sehen, was die Eltern dabei miterleben. Ja, vor allem, wenn es so ein fröhlicher, aufgestellter Junge war wie dieser und es über zwei Jahre hinweg geschafft hatte, immer wieder gesund zu werden. Verstehst du jetzt, warum ich so reagiere, wenn jemand sagt, dass es doch wunderschön sei, den Menschen zu helfen? Es weiss eben fast niemand, was sich hinter dieser Arbeit verbirgt.

All diese Erlebnisse sind meine Ausbildungsbestandteile."

Joe: „Wie meinst du das?"

Christian: „Wie ich dir sagte, genoss ich nie eine Ausbildung, da es keine Ausbildung gibt, ausser das tägliche Abenteuer Leben. Wir können das Leben nur erfahren. Theorien sind okay, doch was nützen Theorien, wenn wir nicht unsere Erfahrungen dazu machen und uns unsere eigene Meinung dazu bilden? Ich habe viele Therapeuten, die zu mir kommen. Meist läuft ihre

Praxis nicht mehr. Der Grund, warum das so ist, ist fast immer der gleiche. Sie lernten eine Technik, eine Theorie, und haben sich selbst nie Gedanken darüber gemacht, wie sie diese Technik verbessern respektive ergänzen könnten.

Wenn du eine Theorie praktizierst, aber nicht dein eigenes Ich mit hinein packst, geht dein Vertrauen, dein Selbstwert verloren. Dein Halt in deiner Arbeit ist dann nur noch eine Wahrheit, eine Theorie eines anderen Menschen. So verlierst du den eigenen Zugang zu deinem Selbst. Hast du zu deinem Selbst keinen Zugang, bist du nicht mehr authentisch, nicht mehr glaubwürdig. Steht dann auf deiner Visitenkarte und auf dem Praxisschild womöglich noch 'Praxis Sepp Meier, Praxis Sonnenschein, Therapien nach Dorn und Breuss' – ja, wer begrüsst dich dann, wenn du als Klient die Praxis betrittst? Genau, der Herr Dorn oder der Herr Breuss. Der Sepp Meier hat sein eigenes Selbst verloren. Die Herren Dorn und Breuss holen dich da ab und nicht der Herr Sepp Meier. Du bist dann als Sepp Meier nicht mehr authentisch.

Es werden Ausbildungen angeboten, die einem zu einem Titel verhelfen, doch wenn man selbst nicht seinen Teil dazu beiträgt, nützt die beste und teuerste Ausbildung nichts. Wenn du die Ausbildung oder Theorie noch vor deinen Namen stellst, ist es nur eine Frage der Zeit, bis du keine Klienten mehr hast.

Das Problem liegt aber nicht eigentlich bei den Therapien, denn die sind wirklich meist sehr gut und machen einen Sinn … das Problem ist, dass viele ihre Therapie dann auch noch erklären. Weit mehr, sie wollen schlussendlich beweisen, dass sie gut ist. Ich habe in den letzten Jahren den Aufstieg eines jungen Mediums verfolgt. Ich kenn diesen Therapeuten persönlich. Er war schon in jungen Jahren hellsichtig. Er konnte aber nicht gut damit umgehen und absolvierte diverse Ausbildungen. Das ist ja soweit auch gut. Er schrieb dann mal ein Buch und verlegte es selbst. Der Erfolg war mässig. Ein Verlag wurde auf dieses Buch aufmerksam und brachte es in einer neuen Fassung nochmals heraus. Die Menschen sind auf Titel wie 'Ich bin jung und hellsichtig' sehr neugierig. Das Buch wurde innert kürzester Zeit ein Bestseller. Es folgten viele Medienauftritte dieses jungen Mannes in Zeitungen, Radio und TV-Anstalten. Er wurde zum Medienstar. Weisst du, ich finde es super, wenn jemand zu dem steht, was er macht. Ich freute mich riesig darüber, dass er Erfolg hatte mit seinem Buch und in der Folge auch mit seiner Praxis.

    Aber, ja, jetzt kommt das Aber: Er hat immer und immer wieder erklärt, dass es wichtig sei, sich gut auszubilden. Da hat er wohl Recht, wenn er diese Ausbildungen zu seinem Selbst dazu fügen kann, und wenn er selbst mit seinem eigenen Ich noch das Seinige dazutut, ist es perfekt. Er verlor dabei aber einen Teil seines

Selbst. Er erwähnte die Ausbildung immer wieder, was auch okay ist. Dadurch verlor er aber immer mehr von seiner Persönlichkeit. Er versuchte sich immer mehr zu erklären, gar alles zu beweisen. Unsere Arbeit, die mediale Arbeit als Hellseher oder Heiler, braucht nicht bewiesen zu werden. Die Beweise sollen die gesunden Klienten, die Resonanz deiner Arbeit sein, die Mund-zu Mund-Vermittlung deiner Klienten.

Um zu diesem jungen Medium zurückzukommen: Ich sah erst gerade wieder einen Fernsehbeitrag über ihn. Die Hälfte des Interviews verwendete er, um Beweise vorzubringen respektive zu erklären, dass er bei jeder Sitzung am Anfang den Beweisteil vorbringt. Braucht der Beweisteil in einer Sitzung die Hälfte der Sitzungszeit, geht viel wertvolle und bezahlte Zeit als Medium verloren. Die Gefahr, dass dann bei solchen Therapeuten das Ego anstelle der verlorenen Persönlichkeit zum Zuge kommt, ist sehr gross. Ich mag es diesem jungen Medium von Herzen gönnen, dass er Erfolg hat. Ich hoffe aber, dass er sein Selbst wieder aufbaut und zurückgewinnt, damit er in ein paar Jahren, wenn seine Bestseller verstaubt sind, immer noch erfolgreich als Medium arbeiten kann."

Joe: „Wenn du mit einem Therapeuten arbeitest, was machst du dann, damit er wieder erfolgreich praktizieren kann?"

Christian: „Es macht keinen Unterschied, ob jemand Therapeut ist oder nicht. Es geht darum, dass alte Ängste und Blockaden gelöst werden. Je mehr solcher Blockaden gelöst werden können, desto eher kommt der Klient zu seinem Selbst zurück. Je mehr du dich selbst bist, desto weniger brauchst du dich zu erklären respektive brauchst du eine Methode deinem Selbst voranzustellen. Sicher ist der Weg über das eigene Selbst nicht der einfachste, jedoch der nachhaltigste."

Joe: „Christian, wie kamst denn du zu immer mehr Klienten?"

Christian: „Indem ich immer mehr mich war, authentisch wurde. Seit Beginn meiner Tätigkeit als Therapeut hatte ich mich nie erklärt. Ich sagte immer: 'Meine Arbeit kann man nicht erklären, sie ist.' Ich habe nie von Erfolgen gesprochen, wenn ich heilen durfte. Sicher war es verdammt hart, immer wieder darauf zu hoffen, dass ein geheilter Klient dich weitervermittelt. Ich habe eine lange Zeit gebraucht, um mich, meine Arbeit aufzubauen, obwohl ich vom ersten Klienten an riesigen Erfolg hatte.

Als ich jeweils meine Kumpels fragte, warum ich nicht mehr Klienten bekomme, lachten sie nur. 'Du wirst irgendwann schon mehr und genug Klienten bekommen, du wirst dich nie um Erfolg und Klienten kümmern müssen. Wir müssen dich aber zuerst formen, sonst arbeitest du nur noch mit dem Ego'. Ja, und so ist es. Es ist sehr schwierig, mit Erfolg umzugehen. Es verleitet dich sehr schnell, abzuheben und dich als

Gott persönlich zu sehen. Ich glaubte immer an meinen Weg, den Gott mir vorzeichnete, auch wenn ich manchmal nichts mehr zu essen hatte. Kannst du dir vorstellen, wie oft ich vor einem Kaufhaus an einem Bettler vorbei ging, der vermutlich mehr Geld in der Tasche hatte als ich? Ich erlebte, was es heisst, mit wenigen 'Schweizer Fränkli' zu überleben. Ich habe monatelang nur von Teigwaren oder Reis gelebt, weil es das billigste Essen war."

Joe: „Aber heute geht es dir ja sehr gut, Christian, wie kam das?"

Christian: „Eben dadurch, dass ich an mich geglaubt habe. Immer mehr Klienten kamen in meine Praxis, weil sie von mir hörten. Meine Kumpels gaben mir dann immer wieder Tipps, wie ich effizienter und schneller arbeiten konnte. Diese Tipps setzte ich immer wieder um. Ich habe mich aber auch immer so verhalten, als sei meine Praxis ausgebucht, auch als ich erst zwei bis drei Klienten in der Woche hatte. Ich bestimmte den Termin, wann jemand zu mir kommen konnte. Ich arbeitete nie am Wochenende, um dem Klienten die Möglichkeit zu geben, sich so viel wert zu sein, dass er sogar einen Ferientag opferte, um zu mir zu kommen.

Als der Erfolg sich dann langsam einstellte, wurde ich gezwungen, immer effizienter zu arbeiten. Die Kumpels gaben mir dann immer wieder die neusten Updates durch, so dass ich schneller arbeiten konnte.

Habe ich dann mal den Rat der Kumpels nicht befolgt und eine neue Arbeitsweise nicht umgesetzt, haben sie mir einfach, wie ich gestern schon erzählt habe, unangemeldete Klienten ins Wartezimmer gebracht. Da ich keine Klienten nach Hause schicken wollte, blieb mir nichts anderes übrig, als die neusten Updates einzusetzen, nicht mehr auf die Zeit zu schauen, und es klappte dann immer besser. Ja, ich war einfach immer mehr mich selbst. Ich erklärte nie meine Arbeit, gab auch keine Gründe an, warum ich nach der Behandlung etwas Bestimmtes erwähnte. Ich sprach immer weniger über das, was ich mit der Hellsichtigkeit sah, sondern handelte einfach immer mit diesen entsprechenden Informationen.

Als meine Praxis schlussendlich auf ein Jahr hinaus ausgebucht war, verzichtete ich ganz auf das persönliche Gespräch mit den Klienten. Ich konnte so mit doppelt so vielen Klienten arbeiten. Ja, ich bin heute in meiner Praxis einfach nur mich, mein Selbst. Das ist der grösste Erfolg, den du haben kannst, und zwar nachhaltig. Weil ich ja gar nicht mehr alle Klienten in der Praxis empfangen kann, wurde ich auch gezwungen, immer mehr Bücher über meine Arbeit und das Abenteuer Leben zu schreiben. Es mag jetzt etwas komisch erscheinen, aber viele Klienten werden auch über meine Bücher geheilt."

Joe: „Wie geschieht denn das?"

Christian: „Die Bücher sind teilweise mit meinen, aber auch mit den Worten aus dem Universum geschrieben. Die Worte lösen im Leser Gefühle, Emotionen aus. Durch diese können sie an ihr eigenes Problem herankommen, es kommt ein Prozess in Gang. Dieser Prozess löst dann Blockaden auf, weil die Leser beim Lesen des Buches mit dem Universum verbunden sind. Diese Verbindung lässt die Energien fliessen, so kann eine Heilung entstehen. Ich habe schon viele Mails bekommen von Leuten, die ihre Hände auf meine Hände gelegt hatten, die im Buch <Die Wirbelsäulen-Seele> abgebildet sind. Viele dieser Menschen wollten sich bei mir anmelden, als sie das Buch zu lesen begannen, doch als sie das Buch zu Ende gelesen hatten, waren ihre Beschwerden bereits verschwunden."

Joe: „Du hast vorhin erzählt, dass deine Kumpels dir geholfen haben, Klienten zu finden – aber wie konnte das funktionieren?"

Christian: „Durch das Resonanzprinzip. Je mehr Klienten ich behandelte, desto mehr wurde meine Arbeit verbreitet. Je effizienter ich arbeitete, je konsequenter ich meinen Weg ging, desto mehr lösten meine Arbeit oder meine ganz wenigen Worte das aus, was den Klienten weiterbrachte. Je höher meine eigene Schwingung wurde, desto mehr Schwingungen kamen bei den Klienten an. Nur wenn ich das Leben lebe, kann ich erfahren, was Leben heisst. Darum musste, durfte ich ein sehr bewegtes Leben führen. Dazu gehören aber auch die unangenehmen Dinge in diesem Dasein. Sämtliche Situationen, die ich erlebt hatte, liessen ein Stück Erfahrung in mir zurück. Wenn ich mit meinen Fähigkeiten dann die Probleme realisiere, kann ich diesen Klienten im Leben abholen und ihm das authentische Gefühl mit auf den Weg geben, in die richtige Richtung zu gehen, zur Heilung.

Ich habe die Fähigkeit, den Klienten und die Probleme zu erkennen, samt den dazugehörigen Ursachen. Zu erkennen, wie und warum der Klient so funktioniert. Wenn er zu mir kommt, ist ja die Bestätigung da, dass sein Weg nicht mehr ganz funktioniert. Nun kann ich ihm Energien vermitteln und seine Blockaden lösen. Gebe ich ihm zusätzlich noch ein authentisches Gefühl in die Seele, kommt dieses Gefühl an und führt den Klienten in sein Selbst, auf seinen Weg zurück. Gehen muss er dann selber."

Joe: „Christian, aber du kannst ja nicht alle Krankheiten selbst durchleben, nur damit du helfen kannst, oder?"

Christian: „Nein, das muss ich auch nicht. Es geht mehr darum, dass ich die Klienten wirklich verstehe. Zum Beispiel Kinder und Jugendliche. Ich spreche mit denen fast nichts. Ich nehme sie nach der Behandlung meist in die Arme mit den Worten 'Du bist so ein toller und feiner Mensch, ich glaube an dich, deinen Weg und deine Fähigkeiten.' Ich weiss ja nicht, warum sie zu mir gekommen sind – die meisten Kinder und Jugendlichen werden von ihren Eltern zu mir geschickt, und mit denen habe ich keine Gespräche geführt. Aber das Gefühl, die Liebe und Zuneigung, die die Jugendlichen so authentisch von mir bekommen, geben ihnen so viel Kraft und Mut, dass sie das Leben meistern können.

Ich habe letzthin ein E-Mail einer Mutter bekommen, die sagte, dass ihre pubertierende Tochter viel zugänglicher geworden sei und auch ruhiger erscheine. Sie wollte wissen, was ich gemacht hatte, respektive sie wollte das Problem erkennen. Bei der Tochter sei schon ein leichtes ADS diagnostiziert worden – ob diese Diagnose auch zutreffend sei, und noch vieles mehr ... Ich schrieb ihr nur zurück: 'Nehmen Sie Ihre Tochter so an, wie sie ist, dann machen Sie das einzig Richtige. Akzeptieren Sie ihren Charakter und ihr Sosein, dann helfen Sie ihr am meisten. Mehr gibt es nicht zu sagen, ich weiss fünf Minuten nach einer Behandlung nicht mehr, um was es ging ...' Ja, wie will ich dieser Mutter erklären, wie ich Blockaden, die vor x Generationen entstanden sind, aufgelöst habe? Nein, es gibt nichts zu erklären.

Das Gefühl, das dieses junge Wesen mit auf den Weg genommen hatte, hat genügt. Hätte ich nicht eine verrückte Jugendzeit erlebt, wäre das Gefühl, wenn ich es mit Worten geäussert hätte, nie so authentisch angekommen. Joe, verstehst du jetzt, dass eine Ausbildung alleine nicht genügt, um erfolgreich an Klienten zu arbeiten?"

Joe: „Ja, Christian, ich verstehe es jetzt, aber du kannst dir ja vorstellen, dass wir Menschen immer alles erklärt haben wollen. Was zeichnet denn einen guten Heiler aus? Was braucht es für Beweise?"

Christian: „Das Resultat an den Klienten!"

Joe: „Letzthin brachte das Boulevardblatt 'Blick' Berichte über Heiler. Die Serie trug den Titel 'Die besten Heiler der Schweiz'. Ist denn das überhaupt messbar?"

Christian: „Ja, es gibt bestimmt Dinge, die man messen oder mit Röntgenbildern festhalten kann. Doch der gesunde Klient ist massgebend! Die Serie in jener Zeitung, die du angesprochen hast, wurde von der Zeitung selbst nicht recherchiert. Sie nahmen ein Buch als Grundlage und Textvorlage. Ob die erwähnten Heiler gut oder schlecht sind, will und kann ich nicht beurteilen. Aber wenn dann zu lesen steht: 'Er ging durch Mauern hindurch' oder 'Er konnte übers Telefon die Katzen einer Klientin in Dubai heilen', bringt dies uns als Therapeuten nur in ein schlechtes Licht. So werden Heiler nicht ernst genommen.

Weisst du, von wirklich guten Heilenden hörst du nur wenig. Und es gibt wirklich viele gute Heiler, doch diese arbeiten meist im Stillen und möchten nicht in der Boulevard-Presse erscheinen. Durch solche Berichte bekommst du nicht die gleichen Klienten, wie wenn sie durch Mund-zu-Mund-Propaganda zu dir kommen. Wenn etwas über mich geschrieben wird, was ja auch immer häufiger der Fall ist, will ich jeden Artikel gegenlesen. Ich habe von meinen Kumpels auch die Aufgabe bekommen, den Menschen nahezubringen, dass Heiler Menschen sind wie alle anderen Erdbewohner. Nur weil jemand in einem weissen Gewand und mit Heiland-Sandalen durch die Welt schreitet, ist er noch lange kein guter Heiler. Man muss den Klienten auch nicht überfreundlich und demütig entgegentreten – das kommt nur bei solchen Klienten an, die eh nicht gesunden wollen. Ich spreche in der Praxis eine sehr deutliche Sprache, nehme kein Blatt vor den Mund und fasse niemanden mit Samthandschuhen an – das hilft niemandem.

Was hat ein Klient, der Atemprobleme und 50 Kilo Übergewicht hat, davon, wenn ich ihm nicht klar und deutlich zu erkennen gebe, dass meine Arbeit nichts bringt, wenn er nicht bereit ist, innert Kürze abzunehmen? Ich muss doch die Sprache seines Körpers sprechen, der krank ist. Wozu habe ich denn all die Fähigkeiten, wenn ich nicht das sage, was ich sehe und fühle? Das, was ihn auch krank machte?"

Joe: „Machst du dich denn so nicht auch unbeliebt?"

Christian: „Joe, wenn jemand zu mir kommt, gilt es meistens ernst. Es geht ja nicht um mich, sondern um die Sache, um den Klienten. In sechs von zehn Fällen hat die Schulmedizin diese Klienten bereits aufgegeben oder kam nicht mehr weiter. Ich wäre nicht ehrlich und nicht mich, wenn ich nicht so deutlich und direkt wäre: Es hilft niemandem weiter, wenn man es nicht ist!

Die Seele hat eine Bestimmung – erkenne ich diese Bestimmung, ist es meine Aufgabe, ihr Raum und Platz zu geben. Will eine Seele das Opferdasein erleben, dann darf sie das, doch bringt es nichts, wenn ich dieses Opferdasein auch noch unterstütze. Ich sage dann solch einem Klienten, er solle sich bitte überlegen, ob er weiterhin Opfer sein wolle oder ob es nicht besser wäre, an seiner Gesundheit zu arbeiten. Ich gebe ihm dann auch keinen neuen Termin mehr, denn der Klient soll sich dies zuerst gründlich überlegen. Bei einem wirklich ernsthaften Entscheid für die Gesundheit bekommt er wieder einen neuen Termin."

Joe: „Kann denn ein solches Opfer, wie du das nennst, noch gesund werden?"

Christian: „Ja, aber nur, wenn sich der Klient von Herzen dazu entscheidet. Dieser Entscheid kommt dann bei der Seele an, und sie kann einen neuen Weg gehen, wenn sie das Opfersein genügend ausgelebt hat. Joe, was würdest du einem Klienten raten, der extrem nach Rauch stinkt und wegen Lungenkrebs zu dir kommt?"

Joe: „Er solle mit dem Rauchen aufhören!"

Christian: „Genau! Wenn ich diesem Menschen nicht sage, dass er gar nicht mehr kommen muss, solange er noch raucht, wäre ich doch fahrlässig. In diesem Fall ist es offensichtlich – durch meine Fähigkeiten sehe ich eben die tieferen Ursachen einer Krankheit oder eines Gebrechens, also muss ich dem Klienten dies auch mitteilen, respektive so handeln, dass wir die grösste Gewähr haben, dass sich das Muster, die negative Programmierung auch auflösen kann."

Joe: „Christian, du hast mich heute am Fähren-Steg von Horgen abgeholt, was verbindet dich mit diesem Ort? Du tust nichts ohne Absicht – was wolltest du mir mit diesem Ort zeigen?"

Christian: „Ja, du hast Recht. Horgen verbindet mich mit meiner Vergangenheit. Ich wuchs ja auf dem Hirzel auf, später war ich durch die Kadettenmusik viel in Horgen. Einerseits hatte ich so die Gelegenheit, mit der Kadettenmusik etwas mehr als nur das kleine Bergdorf zu sehen, anderseits war ich auch einfach von zuhause weg. Ich wurde von meinen Eltern und Geschwistern sehr selten verstanden. Ich war in ihren Augen nur rebellisch, frech, und baute nur immer Scheiss. In meinem Denken jedoch war ich einfach nur mich. Ja, so konnte ich halt in eine andere Welt flüchten.

Obwohl die Welt der Kadetten auch nicht die meine war. Es schien mir nicht zwingend, dass Kameradschaft neben dem Musizieren mit gemeinsamem Zusammensitzen sowie Cola und Bier Trinken verbunden sein musste. Ich hätte viel lieber gehabt, wenn jeder sich selbst hätte sein dürfen und nach der Musikprobe seinen eigenen Weg hätte gehen dürfen. Mir wurde mein Verhalten angekreidet, wenn ich meinen eigenen Weg ging. Das Musizieren selbst sollte doch der Spass und die Freude sein! Es geht mir darum, dass doch jeder seinen Weg so gehen soll, wie es für ihn stimmt. Aber wie gesagt, das Musizieren selbst machte mir Spass. Die Erinnerung an die Zürichseefähre Schwan ist sehr schön. Wir machten damals das Bild für die erste Schallplatte der Kadettenmusik Horgen auf dieser Fähre. Die Tonaufnahmen erfolgten in Meilen, in einem Tonstudio. Diese Erinnerungen lassen heute noch mein Herz schneller schlagen. Es war so eine tolle Erfahrung, sich selbst auf einer Plattenhülle zu sehen und sich auch noch auf dieser schwarzen Scheibe zu hören. Irgendwie war es eben trotz allem eine sehr schöne Zeit.

Es ist auch heute noch sehr faszinierend für mich, wenn Tonträger entstehen, wie zum Beispiel meine Hörbücher. Ich begebe mich jeweils selbst wieder ins Tonstudio, wenn meine Hörbücher aufgenommen werden. Es friert mich immer wieder, wenn mein Haussprecher, Marco Caduff, meine Bücher liest. Ich sitze jeweils da und denke, wie stark die Worte sind, die er liest. Wenn mir dann jeweils bewusst wird, dass es meine eigenen Worte sind, muss ich vor Freude sehr oft weinen. Es ist wie eine Bestätigung meiner Person und meiner Arbeit. Weisst du, Joe, es ist manchmal sehr schön, zu sagen: 'Ich bin stolz auf mich'.

Joe: „Uff ... das war ein langer Tag, Christian, es wird Zeit, mich wieder an Land zu setzen. Wo treffen wir uns morgen?"

Christian: „In Zürich beim Bürkliplatz am Schiffsteg."

Und so ziehe ich mit Marschmusik im Herzen auf dem Fährensteg Horgen von dannen, in meine, ja, meine eigene, manchmal aber so öde Welt.

6. Kapitel
Samstag

Als ich beim Bürkliplatz in Zürich zum Bootssteg gehe, hat Christian schon angelegt und wartet auf mich. Wir legen ab, gleiten in das wunderschöne Seebecken von Zürich. Und so legen wir dann auch gleich los.

Joe: „Christian, bist du dir deiner Erfolge überhaupt bewusst? Weisst du überhaupt, was du leistest?"

Christian: „Ja, ich bin es mir schon bewusst. Es muss mir auch bewusst sein, sonst wäre ich ja nur noch eine menschliche Maschine, die heilt. Ich muss mich sehen wie einen Bergsteiger, einen Gipfelstürmer. Bin ich oben, muss ich gleich wieder runter, sonst fange ich an zu spinnen oder ich erfriere.

Ja, man soll sich immer und immer widerspiegeln, doch dann muss man wieder auf den Weg gehen, als wäre es der erste Tag im Leben."

Joe: „Hast du manchmal Angst, zu versagen? Angst, dass die Anforderungen an dich zu hoch sein könnten?"

Christian: „Nein, das habe ich nicht, da ja mein Ego draussen ist. Ich habe dir ja schon mehrmals gesagt, dass ich nur eine Chance habe: mich zu sein. Bin ich mich, erfüllen wir die Vorgaben, die Anforderungen der Klienten oder ihrer Angehörigen. Als ich letzthin zusehen musste, wie ein Kind starb, ja erleben musste, dass es sogar am liebsten in meinen Armen gestorben wäre, dachte ich nicht an all das. Du kannst genau in diesem Moment nur einfach göttlich sein, du kannst auch nicht auf die Eltern eingehen, sondern ihnen nur ein Gefühl von Geborgenheit geben. Du kannst das Kind liebevoll behandeln, anschliessend die Eltern in die Arme nehmen, ohne etwas zu sagen. Es gibt in einem solchen Moment keine Worte. Du kannst in solchen Momenten jeden Menschen nur lebendig sehen, bis zum letzten Atemzug. Diesen Respekt hat diese Seele verdient, nur dann machst du das Richtige.

Es ist aber auch keine Niederlage, wenn man es nicht geschafft hat. Es ist einfach so, wie es sein darf, aus einer anderen Sichtweise. Ja, so ist das Leben. Ich habe ja das Wissen, dass diese Seele sich einfach nur umwandelt und irgendwann wieder kommt. Hätte ich da eine vorangegangene Wunderheilung eines anderen Klienten im Kopf gehabt, wäre ich nicht bei der Sache gewesen. Ich bin mir meiner Gipfel sehr bewusst, doch bevor ich auf einen anderen Gipfel gelangen kann, muss ich zuerst wieder ins Tal hinunter. Joe, eins kannst du mir glauben, trotz allem: Es ist auch für mich das Schlimmste, wenn jemand von uns geht. Vor allem wenn ich es teilweise im Voraus schon weiss, dass es so kommen wird, weil ich die Informationen von meinen Kumpels bekommen habe.

Ich sitze oft in meiner Wohnung und weine am Abend für mich ganz alleine. Hattest du schon einmal das Gefühl, jemanden zum letzten Mal zu sehen? Dieses Gefühl ist für mich in einer solchen Situation echt beschissen. Ja, meist ist es so, dass ich mit diesen Klienten nachts noch viele Gespräche führe, auf der Universellen Ebene. Sie kommen auf mich zu und fragen nach Rat, wie sie sich verhalten sollen. Und wenn sie noch lange zögern, bevor sie gehen, fragen sie mich, was sie noch tun könnten."

Joe: „Aber wer kommt denn nachts auf dich zu?"

Christian: „Die Seelen der Klienten. Es ist dann eine nonverbale Kommunikation, wie sie bei der Arbeit ja auch vorkommt. Ich bin dann sozusagen ihre Vertrauensperson, das Medium, das beide Seiten kennt und versteht. Es gibt dann auch Dinge oder Botschaften, die mir diese Seelen noch anvertrauen, damit ich sie den Angehörigen mitteilen kann. Diese Klienten können ja meist nicht mehr selbst reden, da die Krankheit sie daran hindert oder sie im Koma liegen. Ich vergesse nie den Moment, als – nach sieben Jahren meiner Heilertätigkeit – das erste Kind starb, mit dem ich gearbeitet hatte. Es, respektive seine Seele, kam mehr als zwei Wochen lang Nacht für Nacht. Es friert mich heute noch, wenn ich nur daran denke. Aber eben, auch das gehört zu meiner Berufung."

Joe: „Ich verstehe, dass solche Situationen sehr schwierig sind, und ich kann mir einigermassen vorstellen, wie sich so etwas für dich anfühlt ... aber was motiviert dich denn eigentlich, trotz solcher Erfahrungen mit deiner Arbeit weiterzumachen?"

Christian: „Das höchste, seelenerfüllte Leben aus einem Menschen herauszuholen!"

Joe: „Wie muss ich das verstehen?"

Christian: „Wie ich dir schon erklärt habe, geht es darum, die Seele bei ihrer Arbeit in dem Körper, in dem sie sich befindet, zu unterstützen. Neue Ziele zu definieren für das Weiterleben im Sinne der Gesundheit. Die Seele mit dem Körper und dem Geist in Einklang zu bringen. Da jeder Mensch eine andere seelische Erfüllung hat, erwartet mich bei jedem Klienten, bei jeder Sitzung eine neue herausfordernde Aufgabe."

Joe: „Was unterscheidet die Arbeit mit einem schwerstkranken Klienten von jener mit einem Top-Manager, der kleinere Gebrechen hat?"

Christian: „Nichts! Wie gesagt, es geht um die höchste Erfüllung seines Tuns oder Seins. Ich mache vielleicht aus einem kranken einen gesunden Menschen. Ich mache aber nicht aus einem gewöhnlichen Manager einen aussergewöhnlichen Manager. Ich löse bei jedem nur die Blockaden, die Programmierungen und alten Muster auf. Das Resultat ist beim Kranken, dass er gesund werden darf, beim Manager, dass er an seine höchsten Fähigkeiten herankommen kann. Dasselbe bei einem Spitzensportler. Ich mache aus ihm nicht einen besseren Sportler, sondern lasse ihn ungehindert an sein Potenzial herankommen. Und, ja, was ich noch erwähnen wollte, ein Top-Manager hat keine kleineren Leiden als sonst wer, es ist meist umgekehrt, da er besser verdrängen kann ..."

Joe: „Sind denn eigentlich diese Sportler oder Manager auch wegen eines Gebrechens zu dir gekommen?"

Christian: „Ja, wenn sich eine Blockade zu lange im Körper tummelt, zeigt es sich ja eines Tages."

Joe: „Du hast gesagt, dass du mit mehreren prominenten Managern, Sportlern oder Künstlern arbeitest. Wie kommen die auf dich zu? Und werden die speziell behandelt?"

Christian: „In der Regel melden die sich genau gleich an wie alle anderen. Da ich ja bei der Behandlung selbst keine Namen kenne und nicht weiss, weswegen sie da sind, gibt es da absolut keinen Unterschied. Bei einer bekannten Opernsängerin stellte ich einmal fest, dass sie nicht an ihr Potenzial heran kam. Zu sagen ist auch da: Ich wusste nicht, wer und was diese Klientin von Beruf war, geschweige denn, dass sie ein Opernstar ist. Ich erahnte es erst nach der zweiten Sitzung. Ich spürte, dass sie eigentlich eine unheimliche Ausstrahlung hatte, aber in ihrem Körper sah es ganz anders aus. Das ist bei Künstlern sehr oft der Fall.

Ich sagte ihr dann, wie ich sie spürte, und gab ihr einen Vergleich mit auf den Weg, der sie völlig erschütterte. Ich bot ihr anschliessend einen Termin an, bei dem ich mir mehr Zeit für sie nehmen konnte, um auch das Gespräch mit ihr selber zu führen. Daraus entstand schlussendlich eine Freundschaft, und da ich klassische Musik sehr liebe, bereicherte diese Freundschaft auch mein Leben. Ich realisierte erst einige Sitzungen später, wie bekannt sie eigentlich war. Es hat aber auch damit zu tun, dass auch ein Künstler gegenüber dem Publikum eine Lehrerfunktion hat, indem er im Zuhörer etwas weckt und auslöst. Umso mehr ist eine solche Arbeit mit einer sehr bekannten Persönlichkeit effizienter und sehr wichtig, zum Wohle der Gesellschaft.

Dadurch, dass ich ihre Blockaden lösen konnte, wurde sie als Sängerin noch authentischer und erfolgreicher. Sie trug damit auch meine Arbeit ins Publikum hinaus. Gibt es etwas Schöneres? Ihr damaliger Lebenspartner sagte einmal nach einem Konzert: 'Christian, ich weiss nicht, was du gemacht hast, aber sie hat noch nie so frei gesungen, ich danke dir von Herzen. Ich werde dann auch bald einmal kommen.' Ja, das war eines der schönsten Komplimente, die ich je bekommen habe. Ich konnte meiner Berufung nachgehen und den Erfolg erst noch auf der Bühne mit ansehen, was bei meiner Leidenschaft für klassische Musik und Oper natürlich besonders schön war.

Weisst du, ich bin mir meiner Tragweite in solchen Fällen meist gar nicht bewusst. Erst kürzlich kam die Sängerin nach einer gelungenen Premiere auf mich zu, nahm mich am Arm und sagte, dass mich der Regisseur kennen lernen möchte. Dieser sagte dann: 'Ich möchte mich bei Ihnen bedanken ... ohne Sie hätte die Premiere heute nicht stattgefunden, Sie haben wunderbare Arbeit geleistet.'

Ja, da wäre noch zu erwähnen, dass die Sängerin keine Zweitbesetzung hatte als Hauptdarstellerin Susanna in der Oper 'Le nozze di Figaro' ... und dass sie eben eine Woche vorher noch eine Angina bekommen hatte. Ja, es war einer der schönsten Gipfel, den ich da erklimmen durfte. Es zeigte mir wunderschön auf, was für eine Tragweite meine Arbeit bekommen kann. Aber gleichzeitig war ich auch sehr stolz auf die Sängerin, stolz darauf, wie verdammt gut sie sang, was sie da für eine unheimliche Leistung vollbrachte. Ja, sie erfüllte ihre Aufgabe einfach himmlisch, verzauberte die erwartungsvollen Zuhörer. Der normale Zuhörer einer solchen Oper kann sich kaum vorstellen, was sich hinter diesem unheimlichen Erfolg alles verbirgt. Ich bewunderte diese Sängerin an diesem Tag wie noch nie zuvor."

Joe: „Du hast gerade gesagt, dass du mit einem Prominenten genau gleich arbeitest wie mit einem normalen Menschen – behandelst du einen Star nicht doch irgendwie anders?"

Christian: „Nein, wirklich nicht. Es gibt in der Arbeit selbst absolut keinen Unterschied, nur in deren Auswirkung. Weisst du, ich mache wirklich keinen Unterschied bei den Klienten, ich habe dir dies alles nur erzählt, um deutlich zu machen, dass es eben auch so schöne und wertvolle Erfahrungen gibt, die mein Leben auffrischen und noch wertvoller machen. Nur, Joe, vergiss nicht, das Lächeln eines Babys nach einer schweren Hirnhautentzündung ist ebenso viel wert! Es erinnert immer wieder an das Weinen, das davor war, und macht einen dann um so glücklicher und verleiht einem viel, viel Kraft, um auf dem Weg zu bleiben und eben wieder vom Gipfel hinunterzusteigen, für den nächsten Gipfel."

Joe: „Am heutigen Tag stelle ich dir vielleicht Fragen, die ich schon einmal gestellt habe und die du mir auch schon beantwortet hast – wenn ich das tue, dann deshalb, weil ich deine Antworten nicht immer ganz verstanden habe. Dann möchte ich auch einfach ein paar Fragen stellen zu Themen, welche die Leser interessant finden könnten.

Du hast mehrmals erwähnt, dass du ohne Ego heilst und arbeitest. Bitte erkläre mir genauer, was der Unterschied zwischen dem Heilen mit und ohne Ego ist, falls es überhaupt einen gibt. Und ob es schlechter ist, wenn man mit Ego heilt. Und erkläre mir näher, was du mit dem Ego überhaupt meinst!"

Christian: „Ich verstehe, dass du einige Dinge nochmals ansprechen möchtest – wir sind ja manchmal etwas schnell über die Universums-Wellen geritten. Also zum Ego: Du kannst mit deinem Willen sehr viel erreichen. Du kannst dir etwas ausdenken, das so kommen soll, wie du es dir wünschst. Im besten Fall kommt es auch so. Aber du kannst nicht hingehen und sagen: Ich will diesem kranken Patienten helfen. Das wäre dasselbe, wie wenn du sagen würdest: Ich gehe in den Wald, wenn es mir schlecht geht, umarme immer denselben Baum, und es geht mir wieder gut, denn nur genau dieser Baum baut mich auf. Dann würdest du abhängig von diesem Baum! Aber was würdest du tun, wenn genau dieser Baum bei einem Sturm zu Boden stürzen würde? Könntest du dich dann nie mehr aufbauen? Du kannst aber auch dich selbst als Baum sehen, als eine stämmige grosse Eiche, du kannst dich selbst umarmen und dir sagen: 'Ich bin die Kraft, die Liebe in mir', und du wirst wieder aufstehen, alleine. Jetzt kannst du also bei einem Klienten dieser Baum sein, an dem er sich aufbauen kann, oder du gibst ihm das Gefühl, die Stärke und Liebe, dass er sich selbst wieder aufbauen kann.

Zusammengefasst: Du kannst im Kopf ein Heiler sein und versuchen, etwas zu bewirken, oder du kannst in deinem Sosein, aus dem Herzen heraus, Heiler sein, als göttlicher Kanal und Botschafter des Lichts und der Liebe. Mit der Kopfvariante ist die Gefahr gross, dass du von Klienten Krankheiten übernimmst. Mit der Herzvariante, respektive der Kanalvariante, kannst du nichts übernehmen, da du es auch wieder übergibst. Ich gebe dir jetzt noch eine kürzere Version: Entweder du willst ein Heiler sein, oder du bist die Heilung.

Hm ... es ist irgendwie doch noch kompliziert mit diesem Ego ... ich hoffe dennoch, dass du es verstanden hast."

Joe: „Ja, so habe ich es verstanden. Und auch diese Frage nochmals: Wie ist es möglich, dass du keine Beschwerden der Klienten übernimmst, obwohl du sie in dir selbst spürst mit deiner Hellfühligkeit?"

Christian: „Es geht eben genau um das, was ich vorhin dargelegt habe: Wenn du Kanal bist, geht schlussendlich auch alles durch diesen Kanal wieder weg. Der sehr beeindruckende und bekannte Heiler Daskalos von Zypern hatte jeweils mit Absicht von Menschen-Seelen Dinge übernommen, um die Klienten davon zu befreien. Er konnte diese Beschwerden dann später weitergeben, sie dem Universum übergeben, zur Heilung. Dies machte er bewusst, in seinem Denken, im Geiste. Es gelang ihm jedoch nicht immer, und es wurde ihm sehr oft fast zum Verhängnis, vor allem im höheren Alter.

Man hörte schon oft von Heilern, die früh sterben mussten: Sie waren sehr oft davon betroffen, dass sie mit dem Ego heilten, auf diese Weise viele Krankheiten übernahmen und sie dann nicht mehr übergeben konnten. Ganz am Anfang, als ich mit Heilen begann, erlebte ich etwas Ähnliches mit einem Klienten mit Kopfschmerzen, dies prägte mich dann und schaltete mein Ego künftig aus.

Ein anderer Heiler, der sehr bekannte Brasilianer Joao de Deus, heilt hingegen nur in Trance. Er ist bei seiner Arbeit nur in der göttlichen, universellen Welt. Er behandelt im Tag bis zu 1000 Klienten ... dies ist möglich, weil die Zeit bei seiner Arbeit sozusagen angehalten wird – ich habe diesen Aspekt ja schon erwähnt. Auch bei Joao de Deus bleibt nichts hängen. Ich selbst bin wohl mit meinem Körper als Werkzeug ins Ganze involviert, aber im Ganzen auch nur als Kanal. All die Bilder und Worte, die ich bekomme, sind wenige Sekunden oder Minuten nach einer Sitzung wieder wie ausgelöscht."

Joe: „Viele Heiler leben vegetarisch, rauchen nicht und trinken keinen Alkohol. Könnte deine Energie nicht noch feinstofflicher sein, wenn du zum Beispiel Rohkost essen und ebenfalls auf Fleisch, Alkohol und Zigarren verzichten würdest?"

Christian: „Wie andere Heiler leben, ist mir eigentlich egal. Wir haben uns seit Menschengedenken von Fleisch ernährt – oder hast du schon vergessen, dass der Mann der Jäger war? Sicher ist das Fleisch, das von den Grossmetzgereien produziert wird, nicht mehr so rein, zudem wird es ja auch nicht mehr vom Manne gejagt, sondern vom Weibe eingekauft – verbunden mit mühseligem, schwierigem Einparken vor dem Metzger oder Grossisten. Ja, ich liebe Fleisch, nur kaufe ich sehr gutes Qualitätsfleisch ein, das aus der Region kommt.

Aber ganz bestimmt verzehre ich nie Schweinefleisch, da bekannt ist, dass da so viele Stoffe hineingespritzt werden, die da nicht hineingehören. Jedoch esse ich nur Fleisch, wenn mein Körper das Verlangen danach hat. Und was den Alkohol betrifft: Du hast diese Woche vielleicht zweimal gesehen, dass ich Alkohol getrunken habe, und das in meinem Urlaub. Ich könnte problemlos aufhören, Alkohol zu trinken, doch ab und zu, nach Lust und Laune, ein Schluck schadet bestimmt nicht. Zigarren sind für mich ebenfalls ein absolutes Genussmittel. Wenn ich eine Zigarre rauche, nehme ich mir im Minimum eine Stunde Zeit, um nichts anderes zu tun, als mich diesem Genuss hinzugeben. Zudem mache ich nie Lungenzüge, im Gegensatz zu den Zigarettenrauchern. Wer wenig raucht und dies dann geniesst, tut sicher mehr für seine Seele als einer, der mit schlechtem Gewissen raucht und Angst vor den Folgen hat.

Schau dir die Antiraucherkampagnen an: Sie schreiben und sprechen nur von Tod und Krebs. Hast du das Gefühl, dass solche Kampagnen etwas Positives bewirken? Nein, absolut im Gegenteil! Wenn jemand eine Sucht hat, kann man diese Sucht am ehesten aufheben, indem man den Ursachen nachgeht und sie heilt. Botschaften wie 'Nichtraucher leben länger und gesünder' wirken viel mehr, und vor allem, sie machen keine Angst! Je mehr man von Krebs redet, desto mehr zieht man ihn an ... Also, Joe, alles im Mass und mit

Genuss, dann schadet es nicht, auch einem Heiler nicht."

Joe: „Jetzt etwas ganz anderes, warum arbeitest du nicht mit der Polizei zusammen, wenn du so viele Kriminalfälle aufdecken könntest mit deinen Gaben?"

Christian: „Ich arbeite durchaus mit der Polizei zusammen, nur meist auf einer anderen Ebene. Habe ich Hinweise, gebe ich die via meine Kumpels auf dem geistigen Wege weiter. Die Hinweise kommen dann schon an, dafür brauche ich nicht zu sorgen. In vielen Fällen aber frage ich eine Täter-Seele, ob ich mit ihr Kontakt aufnehmen dürfe – macht sie mit, weiss sie, dass ich mehr weiss. Ich versuche dann auf diesem Weg zu erreichen, dass sie von sich aus ein Geständnis ablegt. Mehr darf ich nicht tun.

Und, ja, dann gibt es noch Dinge, über die ich nicht spreche …"

Joe: „Warum nicht?"

Christian: „Weil ich noch normal leben will … unter anderem …"

Joe: „Wozu sind die Vorgespräche deiner Assistentin mit den Klienten gut, wenn du sowieso nichts von den Klienten wissen willst?"

Christian: „Gute Frage! Wirtschaftlich gesehen, müsste ich meiner Assistentin kündigen. Nein, es geht darum, dass wir ja auf die Klienten eingehen wollen, sie im Leben abholen wollen. In der Schulmedizin ist die Zeit für ein Gespräch kaum mehr da, es wird einem fast nicht mehr zugehört respektive die Krankenkassen bezahlen diesen Aufwand nicht. Die Ärzte sind oft auch gar nicht mehr fähig, richtig zuzuhören. Sicher ist es manchmal schwierig, die richtige Mischung aus Zuhören, Beraten und Behandeln zu finden. Aber für meinen Teil, für meine Arbeit, ist das Gespräch absolut nicht notwendig – und trotzdem muss jemand die Klienten auf das hinweisen, was bei meiner Arbeit wichtig ist. Ich könnte dies natürlich auch selbst sagen, doch möchte ich nicht aus meiner tiefen Konzentration kommen, da ich auf diese Weise viel effizienter und ungestörter arbeiten kann."

Joe: „Bildest du auch normale Menschenseelen zu Heilern aus? Die Nachfrage dazu ist doch sicher gross?"

Christian: „Heiler ist man, oder man ist es nicht. Man kann wohl verschiedene Therapieformen erlernen, doch ob man dann ein Heiler, sprich reiner, göttlicher Kanal, ist oder es werden kann, ist nie garantiert. Trägt man diese Bestimmung in sich, in seiner Seele, wird einem das Leben schon zeigen, wann der richtige Zeitpunkt gekommen ist, diese Bestimmung auch umzusetzen. Es gibt auch viele Heiler, die gar nicht wissen, dass sie heilend tätig sind. Wenn jemand zu mir geführt wird, damit ich ihr oder ihm den Startknopf zu seiner Bestimmung drücken soll, dann werden wir beide es schon wissen. Sicher habe ich schon vielen die Hände geöffnet, doch wie sie damit umgehen, respektive es auch annehmen können, stellt sich erst im Nachhinein heraus.

Das lustigste Erlebnis diesbezüglich hatte ich vor einigen Jahren. Es kam eine Frau zu mir wegen ihrer Ängste. Sie konnte nicht alleine aus dem Haus gehen. Ihre Bekannte fragte mich, ob sie anwesend sein dürfe, wenn ich arbeite. Kaum hatte ich begonnen, schlief diese Begleiterin jedoch ein und bekam nichts mit von dem, was ich machte. Als sie wieder erwachte, war ich bereits fertig. Das stimmte sie traurig. Einige Zeit später erfuhr ich, dass genau diese Frau seither hellsichtig sei. Meiner effektiven Klientin konnte ich damals nicht helfen, da ihre Bereitschaft noch nicht vorhanden gewesen war, meine Hilfe anzunehmen. Ihre Begleiterin hingegen durfte ein ganz tolles Geschenk mit nach Hause nehmen, ohne es jemals gesucht zu haben.

Wie ich das mit der Ausbildung von Therapeuten künftig angehen werde, wenn überhaupt, steht noch in den Sternen. Aber es wird eher eine Weiterbildung sein als eine Ausbildung. Stellen mir meine Kumpels eine Sternwarte hin, damit ich in die entsprechenden Sterne gucken soll, wirst du, Joe, es dann schon erfahren, und deine Leser auch."

Joe: „Ja, dann bin ich mal gespannt ... Nun zur nächsten Frage: Habe ich es richtig verstanden, dass die Bestimmung einer Seele sich erst dann definitiv verändern kann, wenn ein Mensch von Herzen ja zu dieser Änderung sagen kann? Mit deiner Behandlung zusammen natürlich."

Christian: „Jede Menschenseele hat an einer Weggabelung immer zwei Möglichkeiten: nach links oder nach rechts zu gehen. Keiner der Wege ist falsch, jedoch kommt einer der seelischen Bestimmung des Wachsens in diesem Leben und diesem Körper näher. Man hat aber meist mehrmals die Möglichkeit, die Richtung zu ändern. Ist eine Harmonie von Seele, Geist und Körper da, folgt man auch dem richtigen Weg. Das kann aber auch ohne mich geschehen. Es kann ja nicht die ganze Menschheit zu mir kommen, mein Wartezimmer wäre zu klein."

Joe: „Braucht es denn immer einen Schicksalsschlag, damit man zu einer Richtungsänderung bewegt wird?"

Christian: „Nein, bestimmt nicht. Aber wenn man es nicht selber spürt, sieht oder hört, müssen einen die Kumpels halt mit härteren Methoden zum Glück zwingen, nach dem Motto: Wer nicht hören will, muss fühlen."

Joe: „Wie gehst du mit der Erwartungshaltung der Menschen um, die zu dir kommen?"

Christian: „Das haben wir ja auch schon einmal besprochen. Aber ich erkläre es dir gerne nochmals. Da ich nicht weiss, weswegen sie kommen, kriege ich auch keine Erwartungen mit. Wüsste ich es, würde ich sie ignorieren, denn ich kann nur das Höchste erzielen, wenn ich frei im Kopf bin, wenn ich, mit meinen Kumpels zusammen, mich selbst sein kann. Dann kann ich die Erwartungen zum grössten Teil erfüllen, aber nicht aus der Erwartung heraus, sondern weil es meine Berufung ist, die ich mit Freude und Spass ausüben will."

Joe: „Welche Erwartungen dürfen Menschen haben?"

Christian: „Gesund zu werden, ist doch klar! Keine Erwartung, kein Wunsch ist zu gross, um erfüllt zu werden, sofern er zur Gesundheit des Klienten beiträgt. Ich bedanke mich ja schliesslich auch immer für das Höchste, für die Gesundheit meiner Klienten, bei Gott."

Joe: „Ist richtiges Denken auch für die Klienten wichtig? Und wieso?"

Christian: „Es geht nicht um das richtige Denken, sondern darum, dass der Klient aus freiem Willen und mit guter Absicht zu mir gekommen ist. Ich hatte letzthin so einen Harley-Typen in der Praxis. Es stand ihm ins Gesicht geschrieben, dass er in Bezug auf meine Arbeit eher skeptisch war. Kurz nach Beginn spürte ich ein völlig verkrampftes linkes Bein. Ich sprach ihn darauf an, dass er schon lange Beschwerden hatte mit dem linken Bein, vor allem nachts … Dass ich dies spürte, erstaunte ihn sehr, da er mir ja nichts davon gesagt hatte – und ich hatte damit all seine Zweifel ausgeräumt …"

Joe: „Was haben die Klienten für Reaktionen, wenn sie bei dir waren? Bei der Homöopathie gibt es ja auch die Erstverschlimmerung."

Christian: „Hm ... einige verlieben sich, die anderen lassen sich scheiden, die dritten gehen in Urlaub, die vierten kündigen ihre Stelle und werden Heiler ..." Christian lacht schallend. Ja, zwischendurch will er mich wieder mal auf die Schippe nehmen. „Nein, Spass beiseite, obwohl Spass ja auch zum Leben gehört. Je mehr Reaktionen es gibt, umso besser. Der Körper darf, aber muss nicht reagieren. Viele haben Rückenbeschwerden, respektive sie spüren nun ihren Rücken endlich einmal. Andere bekommen Muskelkater am ganzen Körper, oder die Krankheit macht sich umso mehr bemerkbar. Es können aber auch Beschwerden auftreten, die jahrelang verschwunden waren und die sich eben zur definitiven Auflösung nochmals zeigen wollen. Ich weiss teilweise, was den Klienten erwartet, aber sage natürlich nichts. Ich will ja niemandem Angst machen, das überlasse ich den Schulmedizinern, die von der Angst leben. Nächste Frage!"

Joe: „Wenn jemand seine Seele verloren hat, was ist er dann noch?"

Christian: „Seelenlos!" Christian verkneift sich das Lachen wieder ... „Nein, dann gehen wir sie suchen. Also, eine Seele kann jemand nur verlieren, wenn er stirbt. Sonst kann höchstens ein Teil davon ins Aussen gehen. Dies geschieht, wenn Muster die eigene Seele zuschütten. Ich befreie ihn, wie ich das ja schon beschrieben habe, von diesen Seelen, die sein Selbst belasten. So kann er seiner eigenen Seele wieder Raum und Platz geben. Er kommt wieder zu sich nach Hause. Je mehr jemand bei sich ist, desto mehr kann er auch bei anderen sein, respektive: desto mehr kümmert er sich um andere Menschen oder Tiere oder auch um seinen Arbeitgeber. Ist er sich selbst, kann er für alle diese anderen die grösste Hilfe sein."

Joe: „Wie nimmst du die Stimme deiner Kumpels aus dem Universum wahr? Wie merkst du, wann diese Stimme spricht und wann nicht?"

Christian: „Indem ich hinhöre! Das tönt nun zwar sehr einfach, ist es aber nicht. Ich höre die Stimmen wie in einem Traum, oder ich bekomme die Gefühle über meinen Körper, und diese Gefühle sagen mir etwas. Meist aber kommen einfach die entsprechenden Gedanken und Bilder. Ich wunderte mich einmal darüber, dass ich bei der Behandlung einer Klientin ein kleines Kind sah ... okay, ich nahm dies einfach so hin ... beim Abschied sagte mir die Klienten dann, dass sie schwanger war. Bei einer anderen Klientin sah ich mal einen Tumor, durfte aber nichts sagen, und beim nächsten Mal war er bereits aufgelöst. Ja, es erfordert einfach eine unheimliche Präsenz. Darum will ich mich ja möglichst von nichts ablenken lassen. Ich bin in einer geistigen und körperlichen Trance, auf allen Ebenen gleichzeitig."

Joe: „Wie kann ich mich selber sein?"

Christian: „Wenn du glückselig bist in deinem Sosein. Das kann sein, wenn du lachst, wenn du dich für dich selbst einsetzt oder eben einfach nur bist. Da gibt es Millionen von Formen, die du erreichen kannst. Aber glaub ja nicht, dass das Leben einfacher ist, wenn du einfach nur dich selbst bist. Du kommst am ehesten dorthin, wenn dich Interessen, Muster, Wahrheiten oder Ideen von anderen Menschen nicht interessieren, kurz gesagt, wenn du bei dir zuhause bist."

Joe: „Wie merkst du, ob etwas aus dem Ego kommt oder ob es Bestimmung ist?"

Christian: „Der erste Gedanke, die erste Idee, der erste Eindruck, einfach alles, was ganz am Anfang deines Bauchdenkens ist, kommt aus deiner Seele, ist für dich bestimmt. Alles, was nachher kommt, ist Ego oder ist von Mustern und anderen Wahrheiten geprägt."

Joe: „Du sprichst davon, dass du immer höher schwingst. Ist das für alle Menschen wichtig?"

Christian: „Je mehr du dich bist, desto höher schwingst du. Je mehr Muster und Vorgaben du lösen kannst, desto mehr werden dein Körper und dein Geist belebt. Ja, es ist für alle Menschen wichtig, sonst verstehen sie die Welt nicht mehr, weil diese auch immer höher schwingt. Die Zeiten ändern sich. Die jungen Leute haben heute am wenigsten Mühe, die heutige Jugend schwingt um einiges höher als die Jugend früherer Zeiten, sie lässt sich aber auch viel weniger beirren, als wir das im gleichen Alter taten. Je jünger ein Klient ist, desto schneller wird er geheilt oder kommt er an sein Ziel heran, wenn ich mit ihm arbeite. Wenn ich arbeite, schwinge ich ein Vielfaches höher als sonst. Ich muss dann auch fast die doppelte Menge an Essen zu mir nehmen, da viel mehr verwertet wird und ich Kraft dazu brauche. Es wird aber auch alles viel besser verdaut."

Joe: „Ja, dann gehen wir mal ans andere Ende des Lebens. Wenn ein Mensch stirbt, wandert seine Seele dann direkt in einen neuen Körper?

Christian: „Eine Seele steigt nach dem Tod auf, ins Universum. Dort verweilt sie eine Weile. Das kann einige Monate dauern, aber auch Jahre, Jahrzehnte. Kommt sie nicht mehr auf die Erde zurück, wird sie ein geistiger Helfer oder eben vielleicht einer meiner Kumpels.

Joe: „Wären dann im Universum nicht zu wenige Seelen vorhanden, wenn die Bevölkerung auf unserer Erde stetig zunimmt?"

Christian: „Nach meinen Informationen ist etwa ein Drittel der Seelen auf der Erde, zwei Drittel sind im Universum. Mit steigender Erdbevölkerung macht dies dann nicht mehr so viel aus. Es gibt ja auch Seelen, die auf anderen Planeten ein Praktikum machen. Nein, wirklich im Ernst, es gibt viel mehr Lebewesen, als wir annehmen, und auch diese haben Seelen. Aber darüber schreibe ich vielleicht einmal ein weiteres Buch. Also, es gibt Seelen, die nach einigen Monaten wieder auf die Erde kommen, sogar in die gleiche Familie. Mein jüngster Sohn weilte schon einmal für wenige Wochen auf dieser Erde und ging wieder. Er kam eineinhalb Jahre später wieder zu uns zurück. Ja, er wusste, dass es für ihn als Indigokind auf dieser Erdkugel nicht einfach sein würde, wie ja auch ich selbst erleben durfte. Ja, und das steht schon in meinem Buch > Über den Wolken <, also kommen wir zur nächsten Frage ..."

Joe: „Wenn man zum Beispiel von einer jungen oder einer alten Seele spricht, deutet das auf die Anzahl ihrer Wiedergeburten in unsere Menschenkörper und auf ihren entsprechenden Erfahrungsreichtum hin?"

Christian: „Ja, auf beides. Eine alte Seele ist eine Seele, die schon Hunderte, Tausende Male hier war. Dementsprechend hoch ist auch ihr Erfahrungsreichtum. Ich fungierte in früheren Leben schon mehrmals als Heiler, darum öffnete sich bei mir auch alles auf einen Schlag, innert Minuten."

Joe: „Muss man für Scheiss aus alten Leben büssen?"

Christian: „Nein, bestimmt nicht, nur hat die Seele das Bedürfnis, in diesem Leben entgegengesetzte Erfahrungen zu machen. Darüber haben wir ja vor einigen Tagen schon geredet. Was aber manchmal übrig bleibt, sind eigene tragische Erfahrungen oder Unfälle, die uns in bestimmten Situationen daran erinnern. Ich habe dir ja das Beispiel aus meiner eigenen Vergangenheit erzählt: Es wurde mehrmals mein Brustkasten durch Unfälle zusammengedrückt. Daher stammen teilweise meine Atemprobleme und mein vermeintliches Asthma, das ja gar keines ist. Aber zur nächsten Frage!"

Uff, Christian ist im Schuss, wie immer … er fordert.

Christian: „Komm, Joe, du kannst morgen wieder träumen!"

Joe: „Ja, Chef … äh, Kapitän … Kann ich mir eine Seelenverwandtschaft so vorstellen, dass zwei Seelen genau gleich schwingen und sich darum so nahe sind? Und hat das vielleicht auch einen Zusammenhang damit, dass diese zwei Seelen sich in früheren Leben schon mal begegnet sind und sich darum so stark miteinander verbunden fühlen?"

Christian: „Welche Variante gefällt dir besser? Es kann verschiedene Gründe haben. Ich hatte einmal, an einem Weihnachtstag, ein Blind-Date mit einer Frau, und es machte einfach wumm … Wir waren dann für ein Jahr zusammen, von der ersten Stunde an. Ich bekam später Bilder, dass ich einmal ihr Sklavenführer gewesen war … ja, und so wollte ich dies zweihundert Jahre später wieder gutmachen … ja, ich war auf dieser Erdkugel auch nicht immer ein voll krass guter Bursche wie heute … nein, Joe, kein Kommentar, komm zur nächsten Frage!

Ach, du hast ja noch gefragt, ob eine Seelenverwandtschaft damit zusammenhängt, dass zwei Seelen gleich schwingen. Ja, dies kann zutreffen, es kommt dann zu einer Resonanz der zwei Seelen, und sie dürfen sich aus diesem Grund verlieben."

Joe: „Also gut ... Christian, wenn du dein Rad des Lebens nochmals zurückdrehen könntest, was würdest du anders machen?"

Christian: „Nichts! He, Joe, ich habe bis hierhin alle Facetten meines Lebens gelebt, mit all dem Wunderschönen, aber auch mit viel Müll und Schrott. Doch ich würde nichts anders machen wollen. Ich wollte dem Abenteuer Leben voll und ganz auf die Spur kommen, wollte es erfahren dürfen. Der Müll und die manchmal verdammt verschissenen Situationen – sorry für den Ausdruck – ja, all das hat mich heute zu dem gemacht, was ich in meinem Sosein bin. Ich bin dankbar für die Felsen, die mir in den Weg gelegt wurden. Alles ist heute ein Geschenk Gottes, auch wenn ich es jeweils bestimmt nicht so gesehen habe. Ich habe so viel erreicht, habe aber auch so viel verloren. Wäre dies aber nicht so gewesen, wüsste ich nicht, was Erfolg heisst. Misserfolg ist da, damit man später mit dem Erfolg umgehen kann."

Joe: „Aber du hast auf so verdammt viel verzichtet. Machst du dir mit deinem Selbsttrost da nicht etwas vor?"

Christian wird nun doch noch sehr nachdenklich: „Nun ja, ich habe das Aufwachsen meiner Kinder nicht so miterleben können, wie ich es mir gewünscht hätte. Diesbezüglich habe ich bestimmt auf sehr viel verzichtet. Ich musste den Weg gehen, den ich gegangen bin, doch wäre es schöner gewesen, meine Kinder mehr an meiner Seite zu haben. Mein jüngster Sohn war vier Monate alt, als ich weitergehen musste. Aber trotzdem haben wir eine wunderbare Verbindung zueinander. Ich habe meinen Kindern bestimmt sehr, sehr wehgetan, als ich vor Jahren daran dachte, auszuwandern, da ich damals keinen anderen Weg mehr für mich sah.

Weisst du, heute verstehen meine Kinder mich besser, sie sind von Stolz erfüllt, dass ihr Papi so erfolgreich vielen Menschen helfen darf. Sie sind gerne jeweils an Buchvernissagen und Lesungen dabei. Dies gibt mir wenigstens wieder etwas zurück. Die glänzenden Augen, die sie dabei jeweils haben, geben mir so viel Kraft und lassen vergessen, dass ich genau diese glänzenden Augen während vieler Jahre an Weinachten nicht mehr neben dem Christbaum sehen konnte. Ja, Joe, das ist eben das Leben ... es ..."

Christian kann nicht mehr sprechen, er weint nur noch. Ja, das kann man sich wirklich nicht vorstellen, was sein Weg alles verbirgt. Ich denke, das macht ihn genau zu dem, was er lebt, trotz all dem, auf das er verzichten musste. Solche Geschichten fügen dem Bild, das ich von Christian habe, jeweils ein weiteres Puzzleteil hinzu ... Man kann sich wirklich nicht vorstellen, dass seine Arbeit für ihn vergleichbar ist mit Kaffeetrinken.

Christian: „Joe, ich verrate dir jetzt etwas. Du weisst nun nach diesen Tagen einiges über mein Leben, vieles hast du auch schon in meinen Büchern gelesen, in denen ich immer sehr offen war. Ich habe dir gesagt, dass ich mich immer wieder selbst belohnt habe. Ich muss dies mir gegenüber tun, um mir immer wieder zu zeigen, wie stolz auch ich auf mich selbst bin. Vor einiger Zeit sah ich ein Auto am Strassenrand stehen, bei einer Garage. Der Anblick dieses Autos liess mir keine Ruhe. Kurz darauf sah ich im Internet dasselbe Modell, und ich musste wieder zu diesem Auto zurück. Ich wollte kein Auto kaufen, ich hatte ja schon mehrere. Ich habe es aber trotzdem gekauft, gegen jeden Verstand und jede Vernunft.

Ich habe mir ein Gewissen gemacht, wenn ich es dann jeweils ausgefahren habe. Doch was ich dabei erlebte, kann man sich nicht vorstellen. Kinder riefen mir zu, das Auto sei voll cool. Manager standen vor ihren schwarzen Mercedes-S-Klasse-Limousinen still, streckten die Daumen in die Höhe. Aus den Strassen-Cafés riefen mir Leute zu, ich solle dem Auto Sorge tragen, und und und. Ich könnte alleine über das Erlebte mit diesem wunderschönen Wagen ein Buch schreiben. Es erfüllt mich selbst mit einem unheimlichen Stolz."

Joe: „Ja aber, was ist es denn für ein Wagen, Christian?"

Christian: „Das beste Auto der Welt! Ein schneeweisser Rolls Royce Corniche Cabriolet. Ja, Joe, du siehst, dieses Auto hat mich gefunden. Und ich bin mit Stolz erfüllt, es mein Eigen zu nennen. Hätte ich all meine Erlebnisse in den letzten Jahren nicht gehabt, nicht durchlebt, hätte ich es mir nie und nimmer leisten können. Meine Klienten haben meinen Wert erkannt, und ich habe diesen Wert mit Verdientem nur bestätigt."

Joe: „Ja, das ist wirklich verrückt, aber der beste Heiler darf ja auch das beste Auto der Welt besitzen – das ist ja wohl nicht mehr als authentisch, wie du immer so schön sagst."

Christian: „Joe, willst du jetzt wirklich, dass ich dich noch mit einem Anker an den Füssen über Bord werfe?! Ich bin nicht der beste Heiler, das will ich auch nie sein. Ich will nur einfach mich sein, und wenn ich dann am meisten Echo habe, habe ich es nur einfach gut gemacht.

So, Joe, das ist jetzt mal wieder genug für heute! Morgen ist dein siebter und letzter Tag, dafür sollst du noch fit genug sein. Wir gehen jetzt zum gemütlichen Teil über, wieder zurück zum Bürkliplatz, ins Stadtleben von Zürich."

Ja, und so gehen wir in diesen wunderbaren Stadtteil, in die Altstadt von Zürich. Bei einem feinen Fon-

due im Adler führen wir noch lange private Gespräche,
die ich hier nicht niederschreiben will ... Christian hat
ja auch Anrecht auf Privatsphäre ...

7. Kapitel

Sonntag

Wir haben für den Abschluss unserer Reise wieder im Hafen von Rapperswil abgemacht. Christian ist schon am Steg. Ja, und ich weiss, es ist mein letzter Tag mit ihm und seinem Abenteuer-Leben-Tagebuch. Irgendwie trage ich zwei Gefühle in mir: Einerseits bin ich froh, dass diese Woche zu Ende geht, da mich diese Sache unheimlich beansprucht hat; meine Hirnzellen sind müde. Man kann sich nicht vorstellen, wie anspruchsvoll eine Kommunikationswoche mit Christian sein kann. Es geht hier immer um Schicksale, Lebensgeschichten, ja gar um Leben und Tod. Die Gespräche waren die ganze Woche alles andere als oberflächlich. Christian ist ein sehr tiefgründiger, direkter und unbeirrter Gesprächspartner, alles andere als eine verbale oder geistige Schlaftablette.

Und andererseits: Der heutige Tag ist der letzte Tag unserer gemeinsamen Woche. Ich weiss nicht, ob ich je wieder eine solch authentische, starke Persönlichkeit treffen und bis weit in ihre Seele hinein kommen werde. Christian hat absolut keine Berührungsängste – weder, was ihn selbst betrifft, noch, was das Wirbelsäulen-Seelen-Leben seiner Klienten angeht. Wenn man mit Christian spricht, ist es so, wie wenn gleichzeitig verschiedene Filme ablaufen würden. Man stellt sich immer gleich alles vor, was er erzählt. Er sagte mal, dies sei so, weil er sehr bildlich denke, weil er sich grösstenteils in der rechten, emotionellen Hirnhälfte befinde. Da gab es aber noch viele Situationen, in denen ich nicht wusste, ob es nun Christian war, der mir meine Fragen beantwortete, oder ob es seine Kumpels waren.

Christian erzählte auch, dass er, wenn er ein Buch schreibe, manchmal nicht wisse, was er schreibe, sondern es erst feststelle, wenn er es selbst nochmals durchlese. Mich hat es auch die ganze Woche erstaunt, wie Christian nicht sich, sondern immer seine Aufgabe, seine Berufung, in den Vordergrund gestellt hat. Sicher schätzt er es, dass er all diese Dinge erleben und durchleben darf. Doch ohne dass man es vordergründig spürt, hat er einen sehr grossen Respekt und eine grosse Demut seiner Arbeit gegenüber.

Es sagte mir mal ein Pizzeriabetreiber, wie er Christian erlebte: „Er kommt oft zu mir und setzt sich an die Bar, die sich um das Buffet herumzieht. Er sitzt da, isst, geniesst eine Zigarre, beobachtet, still und unauffällig. Bevor ich das erste Mal in einer Zeitung etwas über ihn las, wusste ich überhaupt nicht, was er heute macht. Ja, ich war verblüfft, niemand würde in ihm einen Heiler sehen. Ich kannte ihn früher, als er Unternehmer und Manager war, doch heute ist er immer noch der gleiche Christian, still und sehr unscheinbar.

Als ich einmal wegen Rückenbeschwerden kaum mehr an der Theke stehen konnte, empfahl mir Christian, vielleicht doch einmal den komischen Kauz in Rapperswil aufzusuchen, vielleicht könne dieser Typ ja mehr als nur Pizza essen und Zigarren rauchen. Ja, und so erlebte ich ihn dann als den Heiler mit den goldenen Händen, und einige Tage später konnte ich wieder aufrecht arbeiten. Als Lohn wollte er nur etwas Feines zu essen ..."

Ja, und so gehe ich jetzt zum letzten Mal an einen Bootssteg, wo Christian mit seiner Indigo auf mich wartet.

Christian: „Guten Morgen, Joe, komm an Bord, der letzte Tag auf diesem wunderbaren, schönen Zürichsee erwartet dich."

Joe: „Christian, irgendwie ..."

Christian: „Joe, halt die Klappe, hör auf mit dem Gesülze, studier nicht, beweg dich, komm, spring rüber!"

Joe: „Ja, aber Christian, es ist unser letzter Tag. Irgendwie stimmt es mich traurig, dass es schon zu Ende ist."

Christian: „Joe, nochmals, hör auf mit dem Gejammer! Du musst jetzt nicht schon ans Ende denken, sonst verpasst du ja den ganzen wunderschönen Tag, der noch vor uns liegt. Geniesse das Hier und Jetzt, Abend wird es von alleine."

Joe: „Ja, ist ja in Ordnung, Christian. Was denkst du, was dürfen wir unseren mitfahrenden Leserinnen und Lesern an diesem letzten Tag mit auf den Weg geben?"

Christian: „Heute sprechen wir über das Fundament der Seelen."

Joe: „Fundament?"

Christian: „Ja, Fundament ... wir sprechen über die Vorfahren der Wirbelsäulen-Seele und über den Grund, warum eine Seele sich diese aussucht."

Joe: „Wie siehst du die Seelen?"

Christian: „Gute Frage! Heute sehe ich sie anders als früher. Als ich anfing, mit meinen Händen zu arbeiten, sah ich die Seelen jeweils in einer Kerze. Ich hatte bei den Behandlungen immer eine Kerze im Raum. Einmal entdeckte ich hinter der Flamme der Kerze auf einmal einen Schatten. Ich fragte meine Kumpels, was das sei. Es war so etwas wie eine Kopie der Flamme, die sich dahinter hin und her bewegte. Meine Kumpels sagten mir dann, dies sei die Seele des Klienten. Die Flamme selbst sei der Körper. Ja, und so wurde das Ganze wie ein Spiel, eine Art Kommunikation mit dem Körper und der Seele. Anhand der Flamme sah ich die Wirbelsäule und deren Form. Und im Schatten sah ich, wie die Seele zu diesem Körper stand.

Ich arbeitete mal mit einem Klienten, der kurz vor dem Tod stand. Die Seele wollte sich verabschieden und aus dem Körper gehen. Das Bild sah dann so aus, dass die Seele, der Schatten, schon drei oder vier Zentimeter von der Flamme entfernt war. Sie war nur noch mit einem kleinen Schattenfaden mit der Flamme verbunden. Ich sprach dann mit der Seele und sagte ihr, dass wir das Ganze wieder in den Griff bekommen würden, dass der Körper wieder gesund würde. Nach circa einer Stunde kam der Schatten langsam wieder zur Flamme zurück, und der Klient wurde wieder gesund. Ich hatte zuhause zum Beispiel auch immer einen Kerzenständer mit sechs Kerzen. Jede Kerze teilte ich einer Person zu, die mir nahe stand, oder einem schwierigen Klienten.

Spürte ich in meinem Körper irgendwie etwas von jemandem, musste ich nur auf den Kerzenständer sehen, und schon wusste ich, um wen es ging. Die entsprechende Flamme flackerte dann jeweils. Ja, das war ganz amüsant, wenn ich dann am nächsten Tag zum Beispiel einen Kollegen fragte: 'Was hast du gestern um zwanzig Uhr wieder gehabt?', und er mich verwundert fragte, warum ich wisse, dass er ein Problem gehabt habe.

Später jedoch spürte ich die Seelen eher auf dem effektiv hellsichtigen Weg. Wenn ich jemanden spüre, weiss ich ja, wo seine Schwachstelle im Körper ist, und so kann ich die Informationen, die ich bekomme, zuordnen. Einmal hatte ich ein sehr dunkles, trauriges Gefühl, begleitet von einer sehr grossen Nervosität. Ich wusste gleich, wem das zuzuordnen war. Ich nahm mein Telefon in die Hand und rief diese Person, eine gute Kollegin, an. Sie fragte, warum ich sie anrief. Ich antwortete ihr: Was du jetzt vorhast, ist eine Flucht, es bringt dir überhaupt nichts. Sie sagte nur, es sei alles in Ordnung …

Eine Stunde später rief sie mich an: 'Christian, ich habe gelogen, es war etwas … ich war mit dem Auto unterwegs und war gerade auf dem Rastplatz vor dem Baregg-Tunnel …' Darauf entgegnete ich ihr: 'Ja, und du wolltest nachher in die Betonwand beim Tunneleingang fahren, dir das Leben nehmen …' Sie heulte nur noch am Telefon. Daraufhin trafen wir uns und besprachen ihre Probleme, die sie fast in den Tod getrieben hätten."

Joe: „Uff, es friert mich gerade … Du hast ihr das Leben gerettet!"

Christian: „Das muss man nicht so sehen. Hätte sie sich wirklich umbringen wollen, wäre es wirklich der Wunsch ihrer Seele gewesen, hätte sie es getan, und die Seele hätte ihren Frieden gehabt. Dann hätte ich aber auch ein anderes Gefühl bekommen – es war mehr ein Hilfeschrei gewesen. Wenn wirklich jemand stirbt, bekomme ich ein ganz anderes Gefühl, eine Leere und zugleich eine grosse Stille. Ich bin schon oft an Unfällen vorbeigefahren, bei denen jemand starb. Da war trotz der Hektik von Polizei und Rettungskräften eine sehr grosse Ruhe und Zufriedenheit. Dann wusste ich jeweils, dass jemand gestorben war.

Das ist auch so, wenn ich zum Beispiel im Fernseher bei einer Direktübertragung etwas sehe. Ich sah mal ein Skirennen, bei dem ein Rennfahrer stürzte und weit von der Piste entfernt in einen Wald flog. Ich bekam dann die Bilder einer gebrochenen Wirbelsäule. Dem war dann auch so, der Mann sitzt heute im Rollstuhl. Ja, solche Sachen spürte ich auch früher schon.

Als ich mich mit etwa neunzehn Jahren einer Kieferoperation unterziehen musste, lag im Aufwachraum ein Mann neben mir. Die Krankenschwestern wollten ihm immer Schleim aus dem frisch operierten Kiefer absaugen, doch er liess dies nicht zu. Ich wusste, dass er gehen wollte, für immer. Er hatte eine schwere Krankheit, Krebs. Als die Schwestern sich dann wieder von ihm abwendeten, zog er den Absaugschlauch aus seinem Rachen und erstickte sich selbst. Ich wusste alles schon und wusste, dass er die Erfüllung gefunden hatte."

Joe: „Aber Christian, sagst du denn das jemandem, wenn du so etwas siehst?"

Christian: „Manchmal, wenn es sich aus der Situation heraus gerade so ergibt. Aber in der Regel nicht. Ich sehe ja auch sonst im Leben vieles und sage nichts, wie ich dir schon erzählt habe. Es gehört zu meinem Leben."

Joe: „Kannst du das wirklich alles für dich behalten?"

Christian: „Ja. Wenn ich nicht von einer Person gefragt werde, die etwas wissen darf, schweige ich. Aber es ist genau das, was mich manchmal sehr einsam macht ... man steht so oft machtlos da und muss zusehen, wie etwas geschieht. Vor wenigen Tagen stand eine Meldung in der Zeitung, dass sich ein Beifahrer aus dem fahrenden Auto seines Kollegen gestürzt habe, auf der Autobahn. Er sei dann vom folgenden Auto überfahren und tödlich verletzt worden. Als ich dies las, wusste ich gleich, dass dieser Mann Selbstmord begangen hatte, dass er es absichtlich so ausgesucht hatte. Zwei Tage später stand dann die entsprechende Meldung in der Zeitung, dass nämlich ein Abschiedsbrief gefunden worden war.

Wenn ich solche Dinge sehe oder lese, ist es halt manchmal so, dass sich die verschiedenen Seelen mit mir in Verbindung setzen und sich mir mitteilen wollen. Dies ist dann auch ihr Recht, und sie kommen zu ihrem Frieden. Aber, Joe, jetzt sind wir etwas abgeschweift, wir wollten über das Fundament der Seelen sprechen. Aber manchmal kommen mir diese verschiedenen Stufen wieder in den Sinn, mit denen ich früher gearbeitet habe."

Joe: „Wie viele solche verschiedene Schritte hast du bis zu deiner heutigen Wahrnehmung durchlebt?"

Christian: „Das weiss ich gar nicht. Wenn ich einen Schritt weiterkomme, ist der vorhergehende Schritt meist wieder vergessen, so dass ich freier denken und handeln kann. Aber ich denke, dass es Dutzende Schritte und Stufen gewesen sind. Aber ich wollte dir eigentlich über das Fundament der Seelen berichten, nicht von der Wahrnehmung."

Joe: „Die Sache mit der Wahrnehmung hat aber trotzdem megaspannend getönt – ist das Fundament der Seelen ebenso spannend?"

Ich weiss ja, alles, was Christian da erzählt, ist spannend, und ich kann mir manchmal gar nicht vorstellen, dass etwas noch Spannenderes folgen kann. Du kannst Christian etwas fragen, und er erzählt dir eine ungewöhnliche Geschichte, als wäre sie das Normalste der Welt. Und für ihn ist sie auch völlig normal.

Christian: „Also, die Vorfahren sind das Fundament der Wirbelsäulen-Seele. Wie ich schon erwähnt habe, sucht sich die Seele die Eltern und deren Vorfahren dort aus, wo die grösste Gewähr besteht, dass die Lebensaufgaben erfüllt werden können. Wenn der Mensch mit seinem Geiste nicht mehr weiter weiss oder nicht gerade dem vorgesehenen Weg folgt, reagiert der Körper. Kommt dann ein Klient wegen eines solchen Gebrechens oder einer Krankheit zu mir, ist dies für mich bei Beginn der Arbeit der Schlüssel zum Tor zu einer grossen, langen Wendeltreppe, die in ein grosses Keller-Labyrinth führt, wo die Ursache ihren Ursprung hat. Diese Wendeltreppe kann dann durch verschiedene Generationen führen.

Während ich die Unstimmigkeit im Körper, die zu schwache Schwingung, über die Hände wahrnehme, kommen dann die Ursachen von der Wirbelsäulen-Seele. Da jedoch befinde ich mich dann in den universellen Schwingungen und nehme alles über die Hellsichtigkeit war. Dies geschieht dann aber auch bei mir unbewusst. Ich kann da nicht mit den Gedanken hinschauen wollen, sondern es sind einfach Bilder. Diese betrachte ich dann auf dieselbe Weise, wie ein kleines Kind einfach nur die Welt bestaunt und sich keine Gedanken darüber macht. Diese Bilder, respektive Bilderreisen, diese Filme laufen dann eben einfach ab. Bin ich dann ganz unten, durch diverse Seelengenerationen hindurch, im Ursachenkellerabteil angekommen, läuft ein Film über die effektive Ursache ab."

Joe: „Pah... spannend! Was siehst du dann da unten?"

Christian: „Ich sah zum Beispiel einmal bei einer Klientin, dass vor vier Generationen eine Frau sexuell missbraucht worden war."

Joe: „Wie kann dies dann aufgelöst werden? Muss es überhaupt aufgelöst werden?"

Christian: „Ja, es muss aufgelöst werden, nur mache nicht ich das, sondern meine geistigen Helfer machen es. Sie bringen die Opfer-Seele und die Täter-Seele zueinander, und diese schliessen dann Frieden miteinander."

Joe: „Wie muss man sich das vorstellen?"

Christian: „Wie im Leben sonst auch. Sie reden ganz einfach miteinander. Die Täter-Seele kommt zur Opfer-Seele in diesen bereits beschriebenen Kellerraum, sie reden miteinander und schliessen Frieden."

Joe: „Kann man denn sagen, du heilst die alten Seelen?"

Christian: „Ja, das kann man. Der Seelenteil, der noch dort unten im Keller schlummert und der über Generationen für Probleme zuständig war, wird geheilt und erlöst, für immer und ewig."

Joe: „Siehst du denn, was die reden?"

Christian: „Nein, ich sehe oder höre es nur sehr selten. Ich sehe nur den Film ablaufen und bekomme die Gefühle und Emotionen dazu. Anschliessend, wenn Frieden herrscht, geht die Täter-Seele wieder. Dann beginnt meine eigentliche Arbeit. Du musst es dir so vorstellen: Diese Handlung damals hat bei der Opferseele eine tiefe Wunde hinterlassen – sozusagen einen Riss in einer Kellermauer. Geht die Täter-Seele aus dem Raum, bleibt nur noch der Riss. Dieser Riss wird dann mit den positiven Emotionen und Gefühlen in kleinen Schritten wieder repariert, die Spannung löst sich, der Riss kann so wieder zuwachsen und zu einer intakten Mauer respektive Seele zusammenwachsen. Du siehst dann dieser Mauer, diesem Seelenraum, nichts mehr an."

Joe: „Und so ist dann die Ursache gelöst?"

Christian: „Nein, noch nicht, das heisst, in der Ursprungsseele schon, aber in den folgenden Generationen und deren Seelen ist der Riss im Fundament noch da, einfach eine Ebene, ein Stockwerk höher. Dort geschieht dann wieder dasselbe: Die friedlichen Emotionen und Gefühle lassen auch da diese Risse verschmelzen. Dies jedoch braucht dann seine Zeit. Darum braucht ein Klient Zeit, respektive die alten Vorfahren-Seelen brauchen Zeit, all diese Schritte auszuführen. Dies kann sofort sein, wenn die Seelen einen nicht allzu grossen Schaden erlitten haben; aber ist die Verletzung für alle Generationen tief und schmerzlich, braucht es Wochen, gar Monate, bis alles soweit ist.

Du musst dir vorstellen, das ist wie ein roter Faden, der unten bei der Ursache beginnt und sich durch alle Keller der nachkommenden Seelen hindurch zieht, sie miteinander verbindet. Man kann auch sagen, es ist wie ein Dominospiel: Fällt der eine Stein, folgt der nächste. Aus diesem Grunde arbeite ich in Abständen von zwei bis vier Wochen mit den Klienten, da eben alles Zeit braucht. Würde ich alle zwei Tage mit jemandem arbeiten, könnte der Prozess vielleicht ganz minim beschleunigt werden, doch nicht erheblich.

Der Klient selbst spürt dann diese verschiedenen Schritte und die Verarbeitung über seinen Körper. Dies sind dann die Folgebeschwerden einer Behandlung, sogenannte Erstverschlimmerungen. Wenn diese dann sehr intensiv sind, deutet dies darauf hin, dass im Unterbewusstsein, in der Wirbelsäulen-Seele, dementsprechend viel gearbeitet, verarbeitet wird. Der Klient verarbeitet für seine Vorfahren-Seelen das Ganze über seinen Körper. Es gibt aber auch Klienten, bei denen alles nur in der Wirbelsäulen-Seele verarbeitet wird, nachts – im Schlaf und in den Träumen.

Joe, da sind wir jetzt an einem Punkt, der für meine Klienten ganz wichtig ist, den sie aber meistens nicht verstehen. Wenn jemand zu mir kommt, darf er mit keinem anderen Therapeuten zusätzlich arbeiten!"

Joe: „Warum denn das? Ist das nicht auch unterstützend und förderlich? Es ist doch gut, wenn viele Menschen möglichst viele Energien fliessen lassen? Nicht?"

Christian: „Nein, genau das Gegenteil ist der Fall. Bei einer rein körperlichen Verletzung wäre dies in Ordnung, doch so, wie ich arbeite, tief aus der Ursache heraus, ist es schädlich, störend für den Prozess. Wenn der Klient Dinge verarbeitet, die in seiner Seele präsent sind, ist dies ja ein Prozess aus dem tiefen Keller der Vorfahren. Spürt ein Therapeut so eine Reaktion und wirkt dem entgegen, wird der rote Faden durchtrennt – der nächste Prozess kann nicht mehr ausgelöst werden; die Reparatur am dem Riss, der einen noch tieferen Ursprung hatte, kann nicht weiter verfolgt und damit nicht vollendet werden.

Es gibt dann kein Weiterverarbeiten mehr. Du musst dir das so vorstellen: Du bist in einem Kellergeschoss dabei, den Riss zu verschmelzen, die Ursachen und Folgeursachen aufzulösen, da kommt auf einmal einer daher und pflastert diesen Riss mit anderen Gefühlen und Emotionen zu. Dann ist in der Ursprungsverarbeitung keine Verbindung mehr da, und der Riss wird nicht repariert, die Ursachen und Folgeursachen werden nicht mehr weiterverarbeitet. In diesem Keller herrscht dann ein Flickwerk, eine bleibende Baustelle. Und der Klient bleibt an diesem Punkt stehen. Wenn du im normalen irdischen Leben bei einem Haus einen Riss mit Gips auffüllst und mit frischer Farbe überstreichst, ist der Riss unter der Farbe, unter dem Gips ja auch immer noch da.

Nochmals zusammengefasst: Der ursprüngliche Prozess läuft bei meiner Arbeit, respektive bei der Arbeit der Kumpels aus dem Universum, wie an einem roten Faden entlang vom Kellerabteil der Ursprungs-Seele zum nächsten oberhalb liegenden Kellerabteil der Nachkommen-Seele weiter. Oder eben mit der Dominostein-Variante: Es fällt Stein um Stein.

Ich habe versucht, dir das so einfach wie möglich zu erklären – aber wie soll ich das einem Klienten erklären? Ich sehe ja all diese Schritte im Fundament des Klienten, aber kann sie nicht beschreiben, weil auch alles so schnell abläuft, was ich sehe."

Joe: „Wie lange arbeitest du denn in einem solchen Ursachenkellerabteil?"

Christian: „Die Ursache wird von den Kumpels im zeit- und raumfreien Universum ausgeführt. Ich sehe es wohl, aber nur mit den enorm hohen Schwingungen über die Hellsichtigkeit, oder, wie man auch sagt, über das dritte Auge. Andere wiederum nennen dies den siebten Sinn.

Es geschieht alles in wenigen Sekunden. Ich sehe das wohl, aber in der irdischen Zeit ist alles in nur wenigen Sekunden erledigt. Es ist wie in einem Traum, der ja auch nicht so lange ist, wie er einem erscheint – er findet in Sekundenbruchteilen in der Aufwachphase statt.

Ich selbst, mit meinem irdischen Körper, mit meiner Seele, nehme diese Gefühle, das Resultat der aufgelösten Ursache auf und projektiere dieses Resultat in den Körper, in den Geist des Klienten. Die Seele meines Klienten wird von meinen Kumpels geführt und weiter bearbeitet. Dieses neue Gefühl und die erlösten Emotionen übernehme ich dann und übertrage sie mit meiner Körperarbeit mit den Händen, Schritt um Schritt, auf den ganzen Körper des Klienten, an der ganzen Wirbelsäule entlang.

Also, wenn eine solche Ursache aufgelöst wird, fängt der Körper des Klienten, meist das Kreuz, stärker zu schwingen an. Ich übertrage dann diese Schwingungen, verbunden mit meinen in mir abgespeicherten Gefühlen und Emotionen, mit meinen Händen auf den restlichen Körper. So kommt der Körper Schritt um

Schritt wieder zu den gesunden Schwingungen. Dies wird dann eben auch in verschiedenen Sitzungen immer wieder aktiviert, bis es definitiv sitzt und der ganze Körper richtig und gesund schwingt. Kommt dann diese Schwingung Schritt um Schritt aus der Seele heraus und beim Körper an, bleibt die Heilung nachhaltig bestehen.

Und was ich noch anmerken muss: Schulmedizinische Therapien darf der Klient machen, denn die gehen nicht so tief wie die Energiearbeit. Was er nicht machen darf, ist jegliche Form von Vergangenheitsbewältigung – sie würde ihn wieder weit in den Ursachenkeller hinunterstürzen. Ich erlebte erst gerade letzthin eine solche Situation: Eine Klientin, die bei mir in Behandlung war, besuchte ein Seminar für Vergangenheitsbewältigung. Dieses Seminar kostete sie viel Geld, das sie noch vor meiner ersten Behandlung hatte zahlen müssen, also wollte sie unbedingt hingehen, obwohl ich sie ermahnt hatte, neben meiner Behandlung keine weiteren Therapien in Anspruch zu nehmen. Sie ging also hin – als Resultat bekam sie anhaltende, sehr starke Kopfschmerzen. Diese konnten erst wieder bei meiner nächsten Sitzung gelöst werden. Eben: Wer nicht hören will, muss fühlen."

Joe: „Gehen wir nun mal von einem Klienten aus, in dessen Familie vor mehreren Jahren ein sexueller Übergriff vorfiel – welche Art von Beschwerden hat er denn?"

Christian: „Das kann ganz verschieden sein. Grundsätzlich sind es Probleme, die mit der Nähe zu einem Mitmenschen oder Partner zu tun haben. Es geht um das fehlende Vertrauen zu den Mitmenschen. Die einen flüchten dann im jetzigen Leben vor den Menschen – aus Angst, verletzt zu werden. Sie schenken dann zum Beispiel Tieren viel mehr Vertrauen, weil diese sie nicht verletzen, da sie nicht werten und urteilen. Und es ist dann meist auch so, dass die Sexualität respektive die Lust dazu fehlt.

Man sucht als Folge einen Partner, der einen nicht bedrängt, und lebt eine Beziehung mit mehr oder weniger platonischer Liebe. Hat man dennoch Lust, kommt man nicht, oder nur sehr selten, zu einem Orgasmus. Es geschieht auch oft, dass eine solcherart verletzte Frau dominante Züge trägt und, zum Selbstschutz, sehr männlich ist oder mindestens männlich wirkt. Sie hat dann im Unterbewusstsein das Gefühl: Wenn ich männlich bin, kann ich von einem Mann nicht missbraucht werden. Bei einem Mann ist es einfach umgekehrt. Das sind mögliche seelische Folgen.

Körperlich liegen dann die Beschwerden bestimmt im Kreuz, im Steissbein und in den Lendenwirbeln L4 und L5. Bei Frauen gibt es Beschwerden in der Gebärmutter mit Zysten und Tumoren, starke Menstruationsbeschwerden, unregelmässige Zyklen, Brustprobleme mit Knoten und Tumoren. Ja, oder generell, man kann das eigene Geschlecht nicht annehmen. Ist die

Ursache zum Beispiel von der väterlichen Seite hergekommen, spüre ich die Blockaden jeweils in der rechten Hüfte, im rechten Teil von Kreuz oder Steissbein. Kommt die Ursache, die Ursprungsverletzung, von der mütterlichen Seite her, liegt alles auf der linken Seite.

Aber was im Ganzen gesehen mit diesen Geschichten der Vorfahren im Fundament ist, das sind die psychischen Beschwerden – die sind meist viel tiefschürfender als die körperlichen Beschwerden. Sie können zum Vorschein kommen bei einem neuen Zusammentreffen mit dem anderen Geschlecht in einer Partnerschaft oder Ehe. Aber auch, wenn es darum geht, im Leben vorwärtszukommen. Dies kann einen immer und immer wieder einholen. Man gerät dann beispielsweise an einen dominanten Chef oder an einen sexuell unzufriedenen Partner oder eben, was mit der Weiblichkeit beziehungsweise Männlichkeit im Zusammenhang steht."

Joe: „Geschehen solche Übergriffe heute noch oft?"

Christian: „Ja, leider schon, nur müssen die Übergriffe nicht immer sexueller Natur sein. Es können auch verbale oder nicht sexuelle körperliche Übergriffe sein. Das Unterdrücken eines Charakters oder generell der Weiblichkeit oder Männlichkeit etwa. Dies geschieht sehr oft, wenn zum Beispiel das erste Kind ein Mädchen ist und nicht der als Stammhalter ersehnte Knabe. Diese werden dann teilweise bewusst, aber auch sehr oft unbewusst stark unterdrückt. Es wird dann zum Beispiel nur den Knaben eine gute Ausbildung ermöglicht, den Mädchen nicht."

Joe: „Aber Christian, diese Zeiten sind doch schon lange vorbei! Das war doch vor vielleicht hundert Jahren noch so!"

Christian: „Joe, hallo! Wo lebst du? Träumst du? Das ist heute wohl viel weniger sichtbar, aber es kommt immer noch zu oft vor. Du kannst mir glauben, ich erlebe es immer noch mehrmals wöchentlich. Was meinst du, woher kommen Beschwerden in der Gebärmutter, oder Menstruationsbeschwerden, um jetzt nur einfach mal zwei Möglichkeiten zu erwähnen? Was ist, wenn die Frau nicht schwanger wird? Oder, sobald sie ein Kind hat, in Depressionen absinkt, oder aus Druck und Mutterliebe alle ihre Lieblingsbeschäftigungen aufgibt? Nein, nicht nur den Kindern zuliebe, sondern auch, weil da auf einmal alte Muster zum Vorschein kommen!

Ich erlebte es letzthin an einem Morgen dreimal hintereinander, bei Frauen um die vierzig herum, kurz nach der Geburt ihrer Kinder. Die erste bekam starke Kreuz-, Gelenk- und Ischias-Schmerzen. Die zweite hatte Brustwirbelblockaden, weil sie sich einengte, und sie hatte unreine Haut und Pigmentflecken im Gesicht, dazu auch noch Leberprobleme. Die dritte hatte Gesichtsneuralgie, Verdauungsprobleme und ähnliches. Joe, alle waren – wenn auch verschiedener Herkunft – sehr feine und fürsorgliche Mütter im Alter zwischen vierzig und siebenundvierzig Jahren. Sie trugen alle so unheimlich viel Liebe in sich, hatten so ein gutes und offenes Herz.

Aber bei allen war das Kreuz völlig wortwörtlich im Arsch, völlig blockiert und ohne jegliche Schwingungen oder Emotionen. Es standen teilweise auch sexuelle Probleme im Raum, Mühe mit der eigenen weiblichen Sexualität, sie kamen teilweise sehr schlecht, wenn überhaupt, zu einem Orgasmus ... und und und, Joe, wach auf, ich rede von der heutigen Zeit, wo die alten Muster und Programmierungen immer noch voll da sind! Die Märchen der Gebrüder Grimm sind schon sehr alt, aber diese Muster sind an einem einzigen Morgen dreimal hintereinander unter meinen Händen gelegen!"

Joe: „Sorry, Christian, ich wollte dich nicht provozieren ..."

Christian: „Joe, kein Sorry, du brauchst dich nicht zu entschuldigen. Du denkst schon richtig, doch die Welt sicht manchmal etwas anders aus, als man denkt. Was meinst du, wo sonst noch solche Unterdrückungen stattfanden? Genau dort, wo du sie nie erwarten würdest. Was denkst du, wurde in Klosterschulen, Internaten, Psychiatrien, Schulen oder dergleichen alles unter den Teppich gewischt unter dem Motto 'Friede, Freude, Eierkuchen'!

Aber auch in den besten Familien gab es solche Vorfälle. Schau da rüber, dort bei der Insel Ufenau liegen immer viele Boote vor Anker. Viele tolle junge Frauen und Männer tummeln sich im Wasser, räkeln sich auf dem Deck ... ja, sehr schön anzusehen, doch der Schein trügt ... es können genau solche Frauen sein, bei denen man nie und nimmer erwarten würde, dass in der Kinder- und Jugendzeit irgendwelche Vorkommnisse verdrängt und vertuscht wurden ... denkst du, die Fälle, die jetzt im Moment wie eine Flut aus der katholischen Kirche auf uns zukommen, haben nur vor dreissig, vierzig Jahren stattgefunden?

Dieselben Heiligen sind teilweise heute noch im Amt, oder es gibt jüngere, die ebenso handeln und ihre Schützlinge missbrauchen ... unweit von hier liegt eine katholische Kirchgemeinde, die soeben ihren Heiligen entlassen musste wegen der vielen Missbrauchsfälle ... Das Kloster Einsiedeln liegt auch fast vor der Türe ... Es sind auch, vor nicht langer Zeit, in dieser heiligen Region Lehrer entlassen worden wegen Missbrauchsvorwürfen ... ach, wenn ich dir nur all die Bilder zeigen dürfte, die ich täglich sehe unter meinen Händen, dann würdest du irgendwie die Welt nicht mehr verstehen! Genug von diesen Geschichten, Joe, spring ins Wasser und komm erfrischt wieder an Bord, für die nächsten Fragen."

Uff ... ja, da muss ich mich wirklich etwas im schönen, klaren Wasser des Zürichsees abkühlen! Das Gespräch gerade hat auch mein Gemüt erhitzt, nicht nur mein Haupt ... Frisch abgekühlt gehe ich wieder an Bord – bereit, weitere Fragen zu stellen.

Joe: „Wenn dann ein solcher Klient zu dir kommt, was ist denn dabei der Weg der Seele? Was will sie damit bezwecken?"

Christian: „Die Seele hat sich zum Beispiel zum Ziel gesetzt, all diese Missbräuche aufzulösen. Alle Seelen, die nach solchen Geschehnissen damals die Ursache mitbekamen, haben heute diese Programmierung, ähnliche oder gleiche Probleme selbst. Können wir das Problem, diese tiefe Ursache, lösen, werden die weiteren Nachkommen, Kinder, Enkelkinder, dieses Problem nicht mehr mit sich herumtragen. Die Schulmedizin nennt diese Programmierung Vererbung – man sagt auch, man trage ein bestimmtes Gen der Vorfahren in sich. Die Schulmediziner wissen aber nicht, dass jedes Gen eine seelische Ursache hat, sie sehen nur, dass es da eben ist."

Joe: „Ja, aber aus diesem Gen, wie die Schulmedizin sagt, kann ja eine Krankheit entstehen, das ist doch erwiesen."

Christian: „In gewissem Sinne hast du recht, nur geht eben immer ein seelischer Weg voran. Dies ist ja auch der Grund, dass, sobald man ein krankes Gewebe oder einen Tumor herausoperiert hat, oft das gleiche Problem wieder mit einem neuen Ableger heranwächst, da die Ursache immer noch im Körper, respektive in der Seele, programmiert ist. Ich hatte einmal eine Klientin mit einem Hirntumor. Sie liess diesen dreimal operieren und entfernen. Er wuchs einfach immer wieder von Neuem. Nach dem dritten Mal kam sie dann zu mir. Wir konnten die Ursache lösen, der bereits wieder entstandene vierte Tumor verschwand und kam nicht wieder. Klar, es kann auch bei meiner Arbeit geschehen, dass ein neuer Tumor entsteht – wenn die Seele den neuen Weg noch nicht vollends eingeschlagen hat und die Krankheit noch nicht geheilt werden konnte. Aus diesem Grunde sind zum Beispiel Krebsklienten relativ schwierig zu behandeln, da die Seele dem Körper die Signale schon sehr lange gezeigt hat und auch nicht mehr geheilt werden kann. Manchmal fehlt dann die Zeit, oder die Seele will nicht geheilt werden, weil es ihr Weg ist. Darum sind die Heilungschancen bei Krebs nur etwa 50%.

Um auf deine Frage zurückzukommen: Die Seelen wollen diese Ursachen lösen, darum suchen sie sich ihre Eltern und Vorfahren aus. Den meisten gelingt es, aber nicht allen. So dürfen die geheilten Seelen in ihrem Körper mit einigen Mustern weniger durch das Leben schreiten."

Joe: „Machst du deinen Klienten Heilungsversprechen?"

Christian: „Joe, ich bin doch nicht Gott! Nein, ich würde dies nie und nimmer tun! Es steht mir gar nicht zu, mir über eine Seele ein Urteil zu bilden. Ich habe dir schon einmal gesagt, ich sehe jeden Klienten gesund, damit ich einer Heilung nie im Wege stehen kann. Ich hatte schon Klienten, die eine wunderbare Heilung erleben durften, doch in letzter Sekunde wurde durch irgendeinen Zwischenfall das alte Muster, die Ursache, wieder aktiv, und die Klienten starben kurze Zeit später.

So kam zum Beispiel einmal eine krebskranke Frau wegen diverser Ableger zu mir. Alle Ableger hatten sich immer mehr aufgelöst. Dann wollte man noch eine Gewebeprobe von einer Geschwulst in der linksseitigen Halsgegend nehmen. Die Klientin bemerkte auf dem Operationstisch, dass der Chefarzt auf der rechten Seite operieren wollte. Da sie nur eine Teilnarkose hatte, machte sie den Chefarzt darauf aufmerksam. Der wurde wütend und fuhr ihr über den Mund. Sie lag auf dem Operationstisch und wurde von ihm regelrecht zusammengestaucht, mundtot gemacht. Sie sei eh eine schwierige Patientin, und sie solle ihm nicht immer sagen, was er zu tun habe. Ja, er konnte eben nicht verstehen, dass seine Patientin gesund wurde, ohne dass er etwas dazu beigetragen hatte. Bei dieser Klientin war das Problem, dass in ihrem ganzen Leben immer über sie verfügt worden war und sie mundtot gemacht worden war.

Dieser Vorfall brachte meine Klientin wieder an die Ursache zurück ... innert wenigen Wochen wurde ihr Körper wieder mit Tumoren belegt. Wenig später starb sie ... und nahm die alte Ursache mit ... Ja, es konnte es niemand verstehen ... Die Seele hatte in diesem Leben, in dieser Generation noch nicht die Ursache lösen können, dürfen."

Joe: „Mann, das ist ja eine verrückte Geschichte! Wie gehst du damit um?"

Christian: „Ich musste zusehen, mein Ego hatte da keinen Platz. Ich begriff wohl alles, doch ich hätte mir gewünscht, dass auch ihre nahen Verwandten es begriffen hätten. Weisst du, das Verrückte ist noch, dass am Abend jenes Tages, an dem die Frau operiert wurde, im Schweizer Fernsehen ein Dokumentarfilm über einen bekannten Herz-Chirurgen lief, der im gleichen Spital tätig war. Er wurde wirklich als Gott in Weiss dargestellt ... Es ist verrückt, wie da verschiedene Welten aufeinanderprallen ... und unglaublich, wie über das Schicksal eines Menschen bestimmt wird.

Wenn ich also einen positiven, unterstützenden Weg für einen Klienten bekomme, muss ich ihm diesen sehr direkt und unverblümt mitteilen, weil es um das Wohl seiner Seele geht. Was der Klient wiederum mit dieser Botschaft macht, liegt dann nicht mehr in meiner Hand. Aus diesem Grunde spreche ich auch so wenig wie möglich mit dem Klienten; ich sage nur das, was ihm hilft, gesund zu werden. Wie gesagt, Heilungsversprechen mache ich nicht, doch wenn ich spüre, dass eine bestimmte Blockade aufgelöst werden kann, sage ich ab und zu mal: 'Das kriegen wir schon hin.'

Dies motiviert dann den Klienten umso mehr, auf meine Worte zu hören."

Joe: „Um nochmals auf deine Arbeit mit dem Seelen-Fundament zurückzukommen: Wenn du gearbeitet hast, was geschieht dann? Was läuft beim Klienten ab?"

Christian: „Wenn ich fertiggearbeitet habe, übergebe ich den Klienten und seine Wirbelsäulen-Seele meinen Kumpels, den Helfern aus dem Universum. Ich bedanke mich bei den Kumpels für die Heilung und beim Klienten für sein Vertrauen in meine Arbeit. Dies mache ich, indem ich ein Kreuz auf seinen Kopf oder Körper zeichne. Für mich ist dann mein Teil abgeschlossen. Meine Kumpels arbeiten dann noch Tage, Wochen, Monate weiter. Ich klinke mich aus und gehe hinaus.

Kurze Zeit später weiss ich nichts mehr von diesem Klienten. Manchmal kommt es vor, dass die Klienten ein E-Mail schreiben und noch Fragen stellen, auch vielleicht zu etwas, was ich erwähnt habe. Oder eine Mutter fragt nach, was bei der Tochter gewesen ist. Aber eben, ich kann auf solche Fragen meist keine Antwort geben, weil ich ja nicht von vier- oder fünfhundert Klienten gleichzeitig alles wissen kann – ich weiss ja, wie schon erwähnt, keinen Namen, nichts. Ich kann mir höchstens Gesichter merken. Verändert sich jedoch ein Klient, was sehr oft der Fall ist, kenne ich auch sein Gesicht nicht mehr, da nur das alte Gesicht gespeichert ist."

Joe: „Du sagst, dass du es deinen Kumpels übergibst. Wie geschieht das?"

Christian: „Das läuft heute automatisch. Durch die viele Arbeit, die wir miteinander verrichten dürfen, hat sich ein Ablauf ergeben. Früher machte ich diese Übergabe noch sehr bewusst, doch durch die grosse Anzahl an Behandlungen hat es sich ergeben, dass diese Übergabe nun automatisch geschieht. Meine heutigen Aussagen gegenüber meinen Kumpels sind nur noch Motivationssprüche. Sie wissen genau, was zu tun ist, aber sie machen dies viel lieber, wenn ich sie immer wieder mal mit Spass und Sprüchen motiviere. Wir haben zusammen immer einen grossen Spass. Manchmal muss ich während einer Behandlung lachen, wobei ich dies natürlich verstecke, da der Klient in einer tiefen Ruhe und Stille ist."

Joe: „Christian, du bist schon sehr weise!"

Christian: „Hm ... Ich weiss nicht genau, ob ich weise bin ... mag sein, doch meine Kumpels sind noch viel weiser!"

Joe: „Was ist denn für dich weise? Ich stelle das gleich mit Lebenserfahrung."

Christian: „Weise ist, wer alle erdenklichen Lebensphilosophien stehen lässt, wer alle Wahrheiten im Raume stehen lassen kann, egal von wem sie stammen. Es ist eine absolute Arroganz, die Wahrheit eines einzelnen Menschen als die einzige Wahrheit auf der Welt anzusehen. Genau jene Menschen, die solche Wahrheiten vertreten, sie sich zu eigenen machen, leben am Leben vorbei. Sie entwickeln keine eigene Wahrheit. Weisst du, wenn ich so eingeengt denken würde, würde ein grosser Teil meiner Klienten bereits in einer Holzkiste verpackt zwei Meter unter der Erde verweilen oder wäre in einer Urne hinter einem Stein verschlossen.

Ich wurde einmal in eine Privatklinik gerufen. Die Nieren eines Klienten hatten ihren Dienst versagt. Der Klient war aus schulmedizinischer Sicht unheilbar krank. Es wurden alle Klinikangestellten informiert, dass ein Heiler zu diesem Patienten, der in der Intensivstation lag, kommen würde. Die Türen standen mir also offen.

Nach einigen Wochen war dieser unheilbar kranke Klient geheilt. Als ich nach den Behandlungen das Zimmer jeweils verliess, standen die Krankenschwestern an der Tür und löcherten mich mit Fragen. Der behandelnde Arzt fragte nach meiner Visitenkarte, doch angerufen hat er mich nie, schade. Ja, so manches Weltbild und manche Lehre der Schulmedizin würde zu wackeln beginnen, wenn man einem Resultat, das sogar nachweislich ist, Raum und Platz gäbe.

Aber das ist okay so, ich mache einfach meine Arbeit, und alle anderen auch, jeder nach seinem besten Wissen und Gewissen. Der Weise handelt unvoreingenommen und schweigt. Hätte ich der Ansicht der Gelehrten Raum und Platz gegeben, wäre der vorhin erwähnte Klient immer noch ein Patient und dreimal in der Woche an der Dialyse."

Joe: „Was machst du für Erfahrungen mit schlechten Seelen?"

Christian: „Aus meiner Sicht gibt es keine schlechten Seelen, sondern nur solche, die auf Abwege gekommen sind. Sicher begegne ich solchen sehr oft in meiner Arbeit, nur suche ich mit ihnen das Gespräch. Wenn so eine abtrünnige Seele in einem tiefen Kellerabteil bei der Ursache ankommt, übernehmen meine Kumpels die Aufgabe, für die Auflösung der Geschehnisse zu sorgen. Manchmal aber zeigt sich so eine Seele dann sehr deutlich, und ich weiss auch, wer es ist. So suche ich selbst das Gespräch mit ihm. Ich erkläre ihm, dass ich nur einfach helfen möchte, damit schlussendlich alle in Frieden voneinander gehen können. Ich verzeihe ihnen und schicke sie auf den Weg ins Licht, zu ihrer Ruhe, aus dieser verletzten Seele heraus. Aber weisst du, das geschieht nur, wenn du eben weise, nicht voreingenommen, handelst.

Du machst niemandem einen Vorwurf, niemandem gegenüber eine Schuldzuweisung, sondern bedankst dich für sein gutes Sosein, damit jeder seinen Teil lernen darf, um daran auch zu wachsen. Wenn du eine solche abtrünnige Seele verurteilst, kommt niemand weiter, und sie kommt erst recht nicht aus dem Kellerabteil dieses Geschehens heraus. Diese Seele dreht sich dann vielleicht noch ein paarmal um auf dem Weg ins Licht. Ja, manche Seelen sind gelegentlich schon etwas hartnäckig, doch am Schluss kommt es gut.

Lass mich erzählen von einem spannenden Fall, als ich einer Krebspatientin helfen durfte. Die Verursacher-Seele wollte mir Angst machen. Sie sandte mir immer wieder komische Dinge.

Einmal sass ich auf der Toilette, und es kamen ganz viele kleine schwarze Fäden durch die Luft geflogen. Ich wusste gleich, dass sie von dieser Seele aus kamen. Ich hatte ja auch kurz vorher mit der Klientin gearbeitet. Hätte ich falsch reagiert, dann wäre die Angstmache bei mir angekommen, und ich hätte der Klientin nicht mehr helfen können. Aber ich spielte mit diesen schwarzen Fäden, wollte sie fangen und umher wirbeln.

Kurze Zeit später hörte alles wieder auf. Nach einiger Zeit verschwand diese abtrünnige Seele, und die Klientin wurde vollends gesund. Damals hatte ich noch nicht das Wissen, das ich heute habe. Ich musste mich teilweise schützen, da mein Glaube an den universellen Schutz noch nicht so gross war.

Ich füllte jeweils meine Räume mit Licht, um mich zu schützen. Nach diesen Geschehnissen fragte ich dann meine Kumpels, warum sie mich nicht beschützt hatten. Sie meinten nur, dass ich in einem Raum in Gedanken auch die Abwasserrohre abschneiden müsse, sonst könnten diese Seelen mir ihre Spiele auch durch diese Rohre senden. Ich lachte damals und befolgte den Rat. Das war ganz am Anfang meiner Heilertätigkeit."

Joe: „Musst du dich heute noch so schützen?"

Christian: „Nein, ich vertraue allem voll und ganz. Ich weiss, dass ich immer im Licht, im Schutz stehe und mich vor nichts mehr fürchten muss, aber es war halt alles ein Erfahren, bis zu meinem heutigen Sein.

Sicher geschehen heute noch Dinge, die eigentlich nicht sein sollten, aber auf eine andere Art. Ich sass letzthin im Wohnzimmer, arbeitete an einem neuen Buch. Das Fenster stand offen, dann ging die Wohnzimmertüre auf, und mein Sohn holte sich bei mir etwas zu trinken. In dem Moment, als er ins Wohnzimmer kam, klappte das Fenster zu und wurde vollständig verschlossen. Ich hörte nur das Zuklappen, und geschlossen war es ... Als mein Sohn wieder hinausging, schaute ich nach, ob das Fenster wirklich richtig verschlossen war, und dem war so. Ich lachte nur und wusste, dass ich im Buch über solche Geschehnisse schreiben sollte."

Joe „Uff ... Du machst mir Angst! Was geschieht denn da auf dem Boot, die Kumpels sind doch auch da ..."

Christian lacht: „Joe, hast du Angst vor dir selbst?"

Joe: „Nein, habe ich nicht!"

Christian: „Also brauchst du auch keine Angst vor den Kumpels zu haben! Die sind immer da, ja die ganze Woche schon!"

Ach, wäre ich doch nur zuhause ... Nein, eben, ich brauche keine Angst zu haben. Doch bei solchen Geschichten kann einem schon anders werden.

Joe: „Christian, gibt es viele solche Geschichten?"
Christian: „Ja, es gibt viele Geschichten, nur rede ich nicht davon. Es passierten gerade diese Woche Dinge, die ich niemandem erzählt habe, weil es Alltag war für mich. Würde ich solche Geschichten öffentlich erzählen oder gar in einem Fernsehinterview erwähnen, würde ich nur meine Arbeit unglaubwürdig erscheinen lassen. Klar sind diese Dinge da, doch ein normal sterblicher Zuschauer oder ein Leser einer Zeitschrift kann dies alles nicht verstehen. So würde ich mich sehr schnell lächerlich machen.

Ich las letzthin in einer Modezeitschrift einen Bericht einer Journalistin, die zu einer Heilerin gegangen war. Diese Heilerin erzählte, dass jetzt die Geisthelfer kommen und dies und das machen würden ... Sie kämen jetzt und würden den Druck in der Brust der Journalistin lösen und solche Dinge. Weisst du, ja, es ist so, dass die Geisthelfer, die universellen Helfer, solche Dinge verrichten, wie ich es dir ja erklärt habe im Zusammenhang mit dem, was bei meiner Arbeit in der Tiefe abgeht. Doch wem hilft es, wenn ein Heiler darüber erzählt? Es hilft nur bestimmten Leuten, die es schon wissen, dass es dies gibt. Aber der breiten Bevölkerung nützt das nichts, es verunsichert nur. Und so schütze ich mich, die Heiler allgemein und die Leser, indem ich solche Dinge nicht erzähle. Ich erzähle sie dir, weil die Leser dieses Buches eh an das herangeführt werden. Und so können sie es auch stehen lassen.

Es kauft niemand ein Buch über einen Heiler, wenn er die Arbeit von Heilern generell ablehnt. Weisst du, ich mache auch tagtäglich geistige Lichtoperationen, nur weiss das niemand. Sicher verlängere ich Knochen oder verkürze sie mit meinen Kumpels zusammen, wenn es nötig ist, doch ich spreche und erzähle nicht davon. Wir, die Kumpels und ich, entfernen bösartige Gewächse aus einem Körper, machen Blutgefässe durchlässig, reparieren Organe wie Herzen oder Lungen ... doch darüber schweige ich. Dies geschieht einfach, und es ist. Ich mache das in derselben Weise, in der ich an einem richtigen Organ, das vor mir läge, etwas reparieren würde, mit dem Unterschied, dass sich dieses Organ dann halt im Körper befindet und ich mit Licht und Liebe als Werkzeug arbeite. Ich habe die Aufgabe, über meine Arbeit aufzuklären, so dass wir als Heiler wieder einen besseren Ruf bekommen.

Ich verhalte mich im Alltag wie ein ganz normaler Mensch, sodass man sieht, dass es auch 'normale' Heiler gibt. Von mir selbst wirst du kaum hören, dass ich ein Heiler bin, nein, ich bin Christian Frautschi. Werde ich als Heiler betitelt, lasse ich es einfach stehen, denn es stimmt ja auch. Bis heute ist noch nie negativ über mich berichtet worden, weil ich noch nie einen Anlass dazu gegeben habe. Werde ich in Interviews auf etwas Schwieriges angesprochen oder mit etwas Anspruchsvollem konfrontiert, geben mir die Kumpels dann schon die richtige Antwort auf die jeweilige Frage.

Aus diesem Grunde habe ich dich gestern am Puls des hektischen Lebens von Zürich abgeholt. Das Bellevue in Zürich ist einer der belebtesten Orte überhaupt. Alle namhaften Firmen mit einem bekannten Label, aber auch Anwälte und Ärzte wollen dort ansässig sein, da viel Betrieb herrscht und sich gut verdienende Leute dort tummeln.

Das Opernhaus ist dort, ein Theater, Kinos, gehobene Restaurants und Bars, die Altstadt, der Sechseläutenplatz, ja, alles was dein Herz begehrt. Wie ich dir schon gesagt habe, gehe ich auch oft dorthin. Ich muss mich mit dem Puls des Lebens aller Schichten befassen, ich muss die Leute beobachten und spüren, fühlen. Nur so habe ich das Gespür für möglichst viele Menschen, nur so kann ich sie auch abholen. Sicher begebe ich mich auch in die Natur hinaus, aufs Land, wo eine andere Uhr tickt, das gehört natürlich auch dazu."

Joe: „Christian, ich habe hier noch eine wichtige Frage an dich, bevor ich sie noch vergesse. Was hast du noch für Ziele? Was möchtest du noch erreichen?"

Christian: „Das kann ich dir nicht sagen, Joe – ich gehe meinen Weg. Sicher habe ich den Wunsch, in immer noch höhere Schwingungen zu kommen, meine

Arbeit noch effizienter und perfekter auszuführen. Doch meine Ziele werden mir von meinen Kumpels und vom lieben Gott von Tag zu Tag neu vorgegeben. Aber du wirst es dann bestimmt jeweils erfahren."

Ich ahne, dass das Ende dieser ereignisreichen Woche naht. Christian fährt Richtung Rapperswiler Hafen, an den Ausgangspunkt unserer Reise.

Christian: „Joe, die Zeit ist gekommen, diesen Dialog abzuschliessen. Du brauchst wieder sicheren Boden unter deinen Füssen – und im Geiste."

Joe: „Christian, aber wir bleiben immer in Kontakt?! Du hast mein Leben nur schon in dieser Woche unheimlich geprägt! Und so wird es bestimmt auch vielen Leserinnen und Lesern ergehen."

Christian: „So, fertig mit diesem Gesülze, Joe, wir machen Schluss, bevor noch mehr Melancholie aufkommt. Ach ja, ich hoffe doch schon, dass ich bald das Manuskript bekomme, damit ich es in meinem Goldfeder-Verlag veröffentlichen darf, oder?"

Joe: „Ja klar doch, ich werde mich melden, sobald es fertig ist."

Ja, und so kam der Moment, der kommen musste. Wir verabschiedeten uns …

Wir umarmten einander und weinten nur … Nach einer Weile ergriff Christian nochmals das Wort.

Christian: „Joe, und wer bist du eigentlich? Ich weiss ja gar nichts von dir! Ich habe dich eine Woche lang mitgenommen, ohne zu wissen, wer dieser komische Vogel überhaupt ist. He, wer bist du??"

Joe: „Tja, das möchte ich auch gerne wissen. Anfangs Woche wusste ich es noch, doch heute weiss ich gar nichts mehr. Ja, vielleicht bin ich ja dich, dein Engel – kennst du den Film 'Rendezvous mit Joe Black'?"

Christian: „Ja, ich kenne den Film – aber vielleicht bin ich ja dich. Spass muss sein ... tschüss ..."

Und so zogen wir in die Welt hinaus, vom wunderschönen Zürichsee aus. Und wenn wir nicht ...

Christian Frautschi

Die Wirbelsäulen-Seele

Goldfeder Hörbuch

Gelesen von Christoph Gaugler

„Jeder Mensch ist in der Lage, sich selbst zu heilen."

Christian Frautschi

8 Audio-CDs

Christian Frautschi

Die Wirbelsäulen-Seele

Goldfeder Verlag

Christian Frautschi
Die Wirbelsäulen-Seele

DIE URSACHEN UNSERER KRANKHEITEN
DER WEG ZU DEINEM SELBST, ZUR HEILUNG

Von einem Tag auf den anderen änderte sich das Leben des Schweizer Unternehmers Christian Frautschi. Sozusagen über Nacht wurden seine Goldenen Hände geöffnet zum Heilen. In diesem packenden Buch beschreibt Frautschi seinen Weg vom Unternehmer zum Heiler, der schwerkranke Patienten mit bedingungsloser Liebe und Selbstaufgabe in seiner Praxis behandelt. Seine Wirbelsäulen- Seelen- Therapie ist zu seiner Lebensaufgabe geworden. Dank seiner Hellsichtigkeit ist Frautschi in der Lage, mit Seelen zu kommunizieren und störende Blockaden zu erkennen.

Buch
ISBN 978-3-905882-00-1 / 462 Seiten / Klappenbroschur
CHF 39.–

Hörbuch
ISBN 978-3-905882-01-8 / 8 Audio CDs in Box
CHF 59.–